U0840659

如果我能追上太阳

If I Can

孙怡冰 著

中国书籍出版社
China Book Press

图书在版编目（CIP）数据

如果我能追上太阳 / 孙怡冰著 .—北京 ：中国书籍出版社，2017.2
ISBN 978-7-5068-6031-4

Ⅰ．①如… Ⅱ．①孙… Ⅲ．①中国文学－当代文学－作品综合集
Ⅳ．①I217.2

中国版本图书馆 CIP 数据核字 (2017) 第 021672 号

如果我能追上太阳

孙怡冰　著

图书策划　牛　超　崔付建
责任编辑　张　娟　成晓春
责任印制　孙马飞　马　芝
出版发行　中国书籍出版社
地　　址　北京市丰台区三路居路 97 号（邮编：100073）
电　　话　（010）52257143（总编室）（010）52257140（发行部）
电子邮箱　eo@chinabp.com.cn
经　　销　全国新华书店
印　　刷　三河市华东印刷有限公司
开　　本　145 毫米 ×210 毫米　1/32
字　　数　260 千字
印　　张　8.5
版　　次　2017 年 3 月第 1 版　　2020 年 6 月第 2 次印刷
书　　号　ISBN 978-7-5068-6031-4
定　　价　34.00 元

花开无声，岁月有痕

女儿的作品集就要付梓了，翻动这一页页电子书稿，心中感慨无限。

从蹒跚学步，到小荷初露，我最爱读的书，还是这个崭露头角的十七岁小丫。她才是最精致的书页，最美丽的诗行。

特别欣赏一句话：走着走着，花儿就开了。从七岁到十七岁，我的宝贝就这样踏着文字的脉络一路走来，阳光、率真、自信、开朗。

当她的第一篇作文《坚持就能成功》发表在《小学生报》上，我如同每一个幸福的年轻妈妈一样，侧耳聆听成长的声音；当安全系列倾注笔端，我看到了一个十几岁的少女，对公德、环境、安全与健康的思考和疾呼，看到了这个社会正在生生不息地衍生着向上、向善的力量！当《如果我能追上太阳》的青春道白铺满纸张，我真切地感受到含苞待放的青涩，看到了懵懂思考、心灵悸动的青春飞舞！

当她的文章首次在《新民晚报》亮相，当《北京晚报》的编辑打来长途电话索要这个十几岁少女的履历，当她用自己积攒起的一笔笔稿费添置令她着迷的摄影器材，当她轻扫慢拂，用筝音打动赛场评委，我看到了一个花蕾绽放的生命在吐露芬芳！

她的镜头里，充满了对生命的热爱，她的文字里，凝炼了对生活的审度和思考。当我像看一幅作品一样，看着她透过镜头捕捉生活的点滴；当我像抚摸她一样抚摸她的文字，成长的力量让我无比震撼！就如我在她的文稿《伟大的母爱》后记里所说的；在这个世界上，没有任何事物能够阻挡成长的脚步、能够抗衡成长的力量！

每当学校的比赛、义卖以及其他活动来临，女儿用小相机忙碌地在现场咔嚓，我知道，接下来的图片处理，一定会伴随着优美的文字诞生。我喜欢这些充满青春活力的文字，让我感受到生活除了必须，还有不必须但是自己却一定要去从事的营生！我为我的宝贝感到庆幸，在这个高考超越一切的时代，她还拥有除了高考之外其他的生活和学习内容，庆幸她舍得拿出珍贵的备考时间去摄影、拂筝、写文。

我庆幸她还能够拥有快乐的能力，能够在忙碌的备考时期，专注地来盘点自己的文字，庆幸她能够独立地思考，庆幸她还没有丢掉曾经的执着和纯真。

收入这个集子的文章绝大部分都是她各个阶段的作文习作，也有一些是她用不同体裁进行文学创作的尝试。在一起讨论文章的选用过程中，我真实地感受到了一个少女，从蹒跚起步到个性飞扬，岁月在她心里刻下的印迹。

她对自己的文字有各种各样的不满意，让我不由自主地去展望她更广阔、更绚烂的未来！我告诉我的宝贝儿，成长，因为真实，无比美丽；因为不可复制，值得好好珍藏。

她的每一句诗行，都洒满阳光的味道；每一段文字都填满成长的渴望。从咿呀学语时对文字的好奇，到十七岁花季对人生的思考，我从文字的堆砌中觅到了花开的痕迹。

是这样的阳光，这样的朝气，这样的聪慧！每当她把筝音揉进文字，每当她把文字凝进照片，我时常会疑惑，是什么样的力量，让她如此精力充沛、兴趣浓浓？是怎样的时代，给予了她如此肥沃的土壤，让她拥有自由选择生长的机遇？

我不禁感叹，这是我的孩子吗？懂音律，擅书法，爱运动，会摄影，通文字。哦，原来，这就叫作青出于蓝而胜于蓝！

她的文字，尚青涩幼稚，但是真实地记录了生命的蜕变曲线。十七岁的少女，积攒了十几万字的成长碎片，是一段长长的路程，应该让它们公之于众，值得为十七岁留下一个别样的纪念。对当下，是肯定，是见证，是无声的鼓舞；对未来，是回忆，是总结，更是崭新的起步！

每个孩子都是唯一的，他们的一颦一笑、一举一动，都充满着创意和活力。怡冰不是最优秀的，但是，值得我们去阅读，去期待。

花开无声却有姿，岁月有痕却无言。我们都在静静地期待和欣赏，都在默默地祝福和期盼！等待每个唯一的蜕变，盼望每个唯一的腾飞！

祝福成长中的孩子们！

祝福我亲亲的小宝贝！

妈妈：崔沈霞

2016 年 9 月 9 日

崔沈霞：女，本书作者的母亲。1973 年出生，中国化工作家协会会员，辽宁省散文学会会员，沈阳市作家协会会员，沈阳市职工文联作协副秘书长，盛京文学网匠工文坊社团社长。1991 年就读于北华大学（原吉林电气化高等专科学校）电子工程系自动化仪表专业。1999 年开始在国内各报刊、杂志发表作品。文章以歌颂人间温情为主要基调，温暖、从容、哲思。代表作《悬空的竹篓》《“冰棍儿”岁月》《有爱的地方就是家》《一块剩馍和五个鸡蛋》等。

目　录

第二辑　爱的天空

第三辑 缤纷校园

第四辑 懵懂思考

第五辑 青春魔方

第六辑　初学乍练

第一辑

小荷初露

我愿做春天的小雨点

有人想变成可爱的天使，有人想变成自由的小鸟，有人想变成清凉的海水，有人想变成美丽的女王……可是大家知道我想变成什么吗？我就想变成一滴春天的小雨点。

一滴春雨的力量微不足道，它并不高贵，并不神圣，并不美丽。但它可以和其他雨滴一起灌溉大地、田野，可以让大树、花朵生长，可以染绿高原、草地。

如果我变成了一滴春雨，就可以做一些微不足道、但不可缺少的事。比如：不下春雨，气候干燥，植物不能发芽生长，下一场清凉的春雨，空气清爽，万物复苏。我不喜欢夏天的倾盆大雨，我喜欢春天的细雨沙沙。春雨无声地滋润着大地和万物，默默地、无私地奉献着自己；春雨亲吻着生灵，亲吻着云朵，轻轻地、温柔地抚爱着每一个生命。我渴望拥有春雨的高贵品质，默默地、无私地奉献自己的力量，把爱分享给每一个人！

假如我能变，就让我变成一滴春天的小雨点吧！把甘露撒播给每一个人，把绿色传遍每个角落，为绿色环境贡献出我的一份力量！

坚持就能成功

今天，妈妈带我去盖伦学校学英语，回来的路上，我看见一个陡坡，很想跑上去。因为坡很陡，我担心妈妈不会同意我去跑，可是不争取一下又有些不甘心。

于是，我试探着问妈妈："妈妈，我想上那个陡坡，能不能试一试？"没想到妈妈很爽快地答应了我的要求，她叮嘱我说："试一下可以，但是要注意安全。"

听了妈妈的话，我非常高兴，就连忙跑了上去。可是，我跑了好几次也没有跑到顶点，我失望极了。

这时，妈妈鼓励我说："你远一点助跑，也许就能跑上去。"我按照妈妈的方法试了几次，可是仍然没有成功。我有点灰心了，妈妈也有一点灰心。坡太陡了，我们决定放弃了。

就在临走的时候，我忽然改变了主意，我对妈妈说："为什么不再试一次呢？"妈妈同意了我的想法，并很耐心地站在一旁等我。妈妈的肯定和赞许给了我无穷的力量，我鼓足力气又试了一次，果然就上去了，原来跑上去就这么简单呢！

我连蹦带跳地回了家，这次的事情让我明白了坚持就能成功的道理，我真高兴！以后我遇到任何困难都不会轻易就放弃，因为事情没到结束的时候谁也不能断言它的结果。

第一次焖饭

因为甲型流感，所以我们学校停课一周。虽说这一周没有上学，但是我的收获似乎更大。比如，我学会了焖饭。

停课的当天晚上，妈妈决定要教我焖饭，这让我感到非常新奇！做饭不是大人们的事儿吗？居然我也可以做大人才能做的事儿了呢！妈妈告诉我，如果人少的话就放一瓢米，人多的话就放两瓢。下面，我们就开始焖饭了！第一道工序就是淘米，妈妈说，现在的米都是机械加工，基本没什么沙子，所以现在的人们做饭啊，淘米这道工序可是比以前简单多了。那第二道工序呢，就是放水，这个有点技术含量在里面。通常我的小手指，放到食指的三分之一还少一点儿的位置上就行了。这些工作都完成后，要把锅胆的外边擦干净，还有手指也要擦干，一丁点儿水都不能留。然后，就可以开始焖饭了。找到电饭煲的面板上的“煮饭”这个按钮，把指针调到凹下的地方，电饭煲就开始工作了。当我们听到“滴滴”声的时候，就说明饭好了。

第二天，我按照妈妈说的方法焖了一锅饭。这可是我第一次独自焖饭，有些事还是不够清楚。当电饭煲发出“滴滴”声的时候，我特别想看看我焖好的饭是什么样子，于是，我立即就把排气阀打开了，等气全散尽，我急不可待地把锅盖打开，盛了一勺子出来。我小心翼翼地吹凉米饭，放在嘴里贪婪地嚼了起来，咦？！怎么这么硬啊！

我非常沮丧，到底是哪个环节出了问题呢？我百思不得其解，便颓丧地坐在了地板上等妈妈回来。

妈妈尝了我焖的米饭，居然说很好吃，但是提醒我说，米饭在气的滋润下才水灵黏糊，除非特别着急，一般都要等着排气阀自动跳起来，这证明气是自然散尽的。哦！原来奥秘在这里！

第三天，我再次独立焖饭，这次我没有着急打开排气阀，而是耐心地等待米饭自然变熟。等妈妈回来，我们打开锅盖，米饭香喷喷的气味扑面而来，别提多好闻了！妈妈抱着我又亲又啃啊，我得意地笑了。

通过这次焖饭，我明白了一个道理，那就是，什么事情都要亲自动手试验才能体会其中的辛苦与困难。焖饭是一件十分简单的事情，但是要想做得软硬适中，还得多试验几次。而且，水的多少会影响饭的口味儿的！几天的反复尝试让我意识到，爸爸妈妈每天真的很辛苦。这些简单的事情妈妈每天都在重复，我每天回家就在房间里写作业，可是妈妈每天除了洗米蒸饭，还要刷锅、切菜、烧菜，可是他们总是默默地为我付出，从来没有怨言。

我想好了，等甲型流感隔离结束返校后，我要跟同学们倡议，让大家每天帮爸爸妈妈做一顿饭，或者做一件家务，回馈父母、感受快乐，让每名同学都能体验享受自己劳动成果的成就感！这种陶醉的感觉真的不一样，会让我们觉得自己真的是一个大孩子了呢！

心中撑起一把伞

伞，是常见之物。细雨蒙蒙中，我们需要它；在倾盆大雨中，我们依然离不开它。然而，心灵之伞，稀不稀有呢？心灵之伞下，撑起的又是什么呢？

放学回家的路上，我急忙往家走，因为又下雨了。可怜的我，身上竟连一点遮雨的东西也没有。可随着身后小男孩的哭闹声，我放慢了脚步。转过头，看见小男孩哭着要和妈妈打同一把伞。我想，这么简单的事，那个妈妈顺着小男孩不就得了。转身想走，没想到，那位母亲竟没有。“你自己能做的事，就要自己做。聪明的孩子从小就要学会独立。你能永远溺在父母的怀抱中吗？”

我虽参加过“是冷漠还是爱”的主题辩论会，也支持外表冷漠内心关怀的真爱，但在现实生活中真真切切地遇到，确实令我心头一震。“不，和……妈妈打……一把……伞……呜呜……”“自己能做的事自己做！”

望着最终屈服的小男孩终于自己打起伞，向着回家的路走去，我才渐渐回过神来。

一路上，我不断想着那位母亲说话前的表情和话语。真正感悟到：妈妈并不是狠心，也不是不爱孩子，而是想通过每一件小事来教育孩子——做人要独立。母亲之所以会有犹豫的表现，是因为她在斟酌，是该给孩子一个温暖的怀抱，让他快乐无忧，还是给他一次历练，让他经历风雨啊！母亲最终还是选择了教育孩子最好的方式——放手，让孩子独自翱翔！

我不由得想起雕的母亲。雕的母亲在幼雕出生几天后让它自己飞下山崖，难道是狠心的行为吗？雕的母亲，把孩子的大半翅膀折断，难道是无情的决定吗？不，不是！她是为了让孩子将来能在天空自由翱翔，是为了让孩子将来能自己在残酷的环境下顺利地觅食，是为了让孩子将来能在恶劣的条件下独立地生活！她做这些决定时，会不心痛吗？会不流泪吗？会不犹豫吗？但为了孩子更好的将来，她只能选择这样的方式来历练它们！

想着想着，我回到了自己温暖的家，身上已经被雨水淋得通透，但是我却在自己的心里撑起了一把独立之伞——这是妈妈给我的最好的礼物，也是雨里我最深切的感悟！我会自己踏出属于自己的人生道路，开拓出属于自己的唯美天堂！

特殊贺卡

就要到新年了，品德与生活老师教我们做贺卡，我们都很兴奋，把自己喜爱的图片加在贺卡上。老师还说我们可以发挥想象，把自己的贺卡做得漂亮些。

品德课后不久我就收到了很多同学的贺卡，当然我也做了很多贺卡送给我的好朋友们。

这一天，我接到了一张不一样的贺卡，它是我们班佟可欣送给我的，只是一张白纸，画了简单的图案，上面的字有好几个错别字，我的好朋友们都说让我不要收下它，因为它的主人是我们班学习很不好的鼻涕虫。

我也想拒绝，可是，佟可欣送给我的时候很诚恳的样子，胖胖的小脸上一双小眼睛用力地眨着，让我很不忍心拒绝她，于是就收下了，课间的时候我把上面的错别字改正了过来。那上面写的是，孙一（怡）冰同学，你的学习成绩提高了，我很为你高兴。

晚上回家的时候我把这张丑陋的贺卡拿给妈妈看，谁知妈妈看了很高兴的样子，妈妈说，你看你的同学多可爱，你的成绩提高了，她都关注着呢！

我把白天心里的想法和同学们的意见告诉妈妈，妈妈睁大眼睛仔细听着，等我说完，妈妈耐心地开导我说，妈妈知道你们都不喜欢佟可欣，因为她不整洁，学习成绩也不好。可是，哪一个孩子不是妈妈的宝贝呢？佟可欣的妈妈可能因为各种原因不能跟她一起生活了，可是她的妈妈一定也在惦记着她，希望她学习好，希望她有很多好朋友，如果她妈妈知道你们这么不喜欢她，会多伤心啊！

我听了妈妈的话，惭愧地低下头，妈妈很温和地把我抱在怀里，说："你收下了她的贺卡，她一定很开心的，你可以回送她一张啊。"

我点点头，感觉妈妈好漂亮啊，妈妈的眼睛笑笑的，好可爱呢。她一边陪我做贺卡一边教育我说，要帮助弱势的同学，明天我上学的时候一定当着全班同学的面把贺卡送给她，告诉她，她也是一个可爱的宝贝！

战胜自己

今年的寒假，对于我来说，是一个非常不一样的假期。因为这个假期里，妈妈和爸爸做了一个了不起的决定——就是让我自己看管我自己，怎么样？我很厉害吧？

我第一天自己在家里待着的时候还是蛮不习惯的，为了让时间变得短一些，我早上很晚才起床。

我简单整理了一下房间，发现在我的枕头边上放了一张纸条，是妈妈写的。

冰冰：

妈妈和爸爸上班去了，菜在饭桌上，微波炉已经接好电源了，你只要把菜放到里面设好时间就可以热菜了。电饭煲里是淘好的米，你起来就先把电源插好，等绿灯亮了就可以吃饭了。

附：今天的作业

口算本——10页，

古筝——《洞庭新歌》练习10遍。

祝你今天过得愉快！

妈妈

2007年2月8日

我看了妈妈的纸条，禁不住笑出声来，唉，妈妈真是一个爱唠叨的妈妈，这些话，昨天晚上睡觉的时候她都跟我讲了N次了，今天又重复！唉……

我来到厨房，果然发现爸爸已经帮我做好了菜，妈妈也把电饭煲里放好了米，我煮好饭，热好菜，有滋有味地吃了自己做的饭菜，就开始了一天的生活。

我打开电脑，跟《信息早报》的石头、周俊聊天，还跟我的偶像小编小萌老师聊天，我把我元旦在学校主持节目的照片传到早报的聊天群里，他们都夸奖我，我心里别提多美了。最有意思的是有一个叫赵林林的阿姨，她问我怎么知道喊她阿姨，很多人看到她的名字都以为她是男生。我说："这还不简单，因为阿姨的QQ头像是女生啊！"唉，为什么大人们总是把简单的问题复杂化呢？真是搞不懂。

玩了一会儿电脑，我又想，妈妈每天上班很辛苦，不如帮妈妈干点活吧，这也是我的假期作业之一呢，老师说，假期里每天要帮妈妈做一件力所能及的事，我就帮妈妈拖地吧。

拖完地，我已经累得满头大汗，这才知道，原来妈妈每天整理房间这么辛苦，原来我看妈妈拖地都是很轻松的样子，原来是这样啊。妈妈每天都用快乐的心情来影响我，其实很多事情做起来是这么难呢。

哎呀，不好了，我的作业还没有写呢，我赶快拿出作业本写口算。吃完午饭，又去弹琴，我弹一遍就在卡片上画一道，弹一遍就画一道，你不要以为我偷懒啊，我妈妈平时也是这样的，我练琴的时候她就帮我记。

等妈妈回来的时候，我还在电脑上跟湖南的左霞飞阿姨聊天呢，她问我自己上网妈妈怎么不管我，我跟她说，我妈妈说了，正确利用网络会让电脑成为我们的帮手的，弄得左阿姨直要找妈妈交流呢，看我怎么样，都能帮妈妈交朋友了。

妈妈看我一个人在家一点也没有害怕，欣慰地笑了，妈妈说："冰冰，你战胜了你自己，真了不起。"

童年的点点回忆

我来到这个世界已经有 11 个春秋了。在我的成长道路上，留下了深浅不一的脚印，而正是这些脚印，累积成了我最宝贵的童年回忆。有些记忆被风雨涤荡得模糊不清，但有些回忆，却像在脑海里扎了根一样，留下了不可磨灭的痕迹。

记得妈妈们总是在一起讨论我们的事。妈妈总是对别的妈妈“夸耀”着说：“我们冰冰可乖了，都不那么闹，可省我老大劲儿了呢。”别的妈妈们就说：“是啊，可不像我们家的那么闹……”妈妈说的那可是真的，乖这个特点在别人眼中可是我最大的优点。

可是，在别人眼中是“乖乖女”的我，其实是一个厉害的角色呢！我表面上是一只听话的小绵羊，而少数人才知道，要是谁敢惹了我，下场那可是很惨的哦！

还记得很小的时候，我的朋友激怒了我，我上去就咬了他一口。

但是在别人面前“暴跳如雷”的我在妈妈面前会变得“安静”下来。

七八岁的时候，我和小晴下了舞蹈课，就在一片较为空旷的地方跳起了大绳。跳完之后，我们俩的心情就像脸蛋的温度一样兴奋极了。因为运动量大，所以我们都很热，就不想穿外套，但妈妈却硬要我穿，说："快点穿上，别感冒了！"我不穿，那边的小晴呢，也不穿。她的妈妈顺了她的心意，可是我的妈妈却不退让，我就被妈妈带进了"小树林"旦。在那片茂密的小树林，谁也不知道，一位母亲为了教女儿保护自己的健康，而给女儿上了刻骨铭心的一课。

妈妈先是好言好语地劝我说："冰冰，不穿衣服会感冒的，咱先把衣服套上，不扣扣子。"可是我是铁了心不肯穿的，太热了啊！

于是我就拧着不穿，妈妈气得七窍生烟，却拿我没办法。我心想，哼！再坚持一会儿，就得带我回去，回去以后，有奶奶护着我呢！

哪知道我的小眼睛一眨巴，妈妈就看穿了我的诡计。她说："你是不是觉得，家里有奶奶，就能拧过妈妈？如果你是对的，妈妈都不用你拧，就直接答应你！"

我一看此招无法奏效，便放声哭了起来，妈妈也被我困住了，但是她看上去丝毫不肯动摇，在我们僵持不下的时侯，妈妈居然伸手掐了我的胳膊！我倔强地大哭，仍然不肯认错，天渐渐暗下来，我的小眼睛都肿了，我和妈妈谁也没制服谁，可是，妈妈的体力却胜过了我，我别别扭扭地套着她硬给我套上的外衣，不敢脱下来也不肯脱下来了，因为，天渐渐暗了，我也觉得冷了。

妈妈把我拎上自行车后座，路上还试图劝我，她口气软软地说："冰冰你想一想，妈妈为什么要这么坚持？妈妈是你在这个世界上最亲的人啊！”

我哭着嚷道：“你才不是我最亲的人！”

我们俩吵了一路，仍然不见分晓。回到家里，妈妈为我仔细地洗了脸，我也没在奶奶面前告状。不过，我心里也确实觉得妈妈是对的。从那以后，再也不曾忤逆过她。

如今，我不得不承认母亲的做法是对的，很多事情，母亲都用实践告诉我，如何做出正确的抉择。因为，我想，母亲比我更早知道，人生好比一道道单项选择题，你选择了 A，就不可以再去选择 B，因为在人生的舞台上没有彩排。

放风筝

“草长莺飞二月天，拂堤杨柳醉春烟。儿童散学归来早，忙趁东风放纸鸢。”这是我们在语文书上学到的诗歌，可是，亲爱的同学们，你们在草长莺飞的二月里放过纸鸢吗？我就放过，是我爸爸带我去的。

上周末，我爸爸带我去劳动公园放风筝。到了我们要放风筝的地方，我一看，哇！来放风筝的人还真多啊！天空中飞着五颜六色的风筝，有大蜈蚣，还有小燕子和蝴蝶，还有的就是六角形的样子，后面拖着两条长长的彩带，虽然我叫不出名字，可是在天空中飘飘荡荡也很好看。我拿着我们准备好的风筝，爸爸把线给我接好，我一看，心里顿时美滋滋的，你们知道这是为什么吗？因为我发现我的蝴蝶风筝又大又好看，比天上飞的漂亮多了！

爸爸让我拿着风筝，他拿着风筝的线助跑，我们两个人离远一些，我一松手，天啊！我的风筝翩翩起舞了！爸爸一边跑一边放线，一眨眼的工夫线就放完了，我抬头一看，哎呀！我的风筝和太阳一样高了！我高兴得又蹦又跳。风筝越飞越高，爸爸奔跑的速度也渐渐慢下来，这时，我看到我的风筝原来并不比别人的大，甚至有很多风筝比我的大蝴蝶还大呢！这是为什么呢？

我很想问问爸爸，可是，看到爸爸累得满头大汗，我很心疼爸爸，赶快拿出自己带的湿巾给爸爸擦去了额头上的汗水。

就在这个时候，我们的风筝开始往下飞了，爸爸赶忙把风筝的头掉转过来，可是根本都不管用，爸爸就一直跑啊，跑啊，后来风筝总算找到了平衡，再一次在天空自由自在地飞翔了。可是我们又遇到了新的问题，就是我们的线有点短，爸爸就一边放一边掏出一些钱让我到旁边卖风筝的地方去再买一卷线。线是买回来了，可是爸爸怎么也接不上，后来还是把风筝撤下来才接上，这使我明白了一个道理，就是妈妈后来给我总结的，叫做知易行难！因此，我们做什么事都要有恒心！

回家的路上，我问爸爸，为什么我看到咱们的风筝本来比别人大，可是一到天上就变得小了呢？爸爸说："那是因为天空很宽广，你看风筝的背景发生了变化，所以风筝的大小就发生了变化。"爸爸还跟我说，在大自然面前，每个人都是渺小的。

爸爸总是那么耐心地带我，让我在玩耍的时候增长很多知识，我很自豪我有一个这么好的爸爸。

冰峰探险

大家有过“冰峰探险”的经历吗？我有过一次刺激、惊险的冰峰探险。走，跟我一起去看看吧！

这是一个寒冷的周末，我和我的好朋友朱友恒一起去劳动公园玩。这个公园是我俩从小玩到大的地方，实在玩腻啦。于是我突发奇想，招呼朱友恒到公园的小山上去看看。我以为朱友恒会回绝，正在想着怎样说服他，没想到他一口答应了。于是，我们就开始了“冰峰探险”之旅。

我们首先走到湖的对面，绕过吹萨克斯的老爷爷，争先恐后地向目标山峰跑去。跑着跑着，我忽然想到了一个严峻的问题：“爸爸妈妈发现了我俩这么淘气，不许我们玩怎么办呀？”这时，朱友恒的男子汉气概立即占了上风，他说：“别怕，我们先躲开他们，等下山的时候，他们要是训我们，我们就乖乖地听着就是了！”

嗯！这个主意听上去真不错。于是，我们开始探险。路好陡啊！才爬了一半，我发现了一个秘密，原来我们走的是雪道，可是，后面的，会不会还是雪道？万一是冰道，那我们俩不就完蛋了？我偷偷看了看在我前面的朱友恒，他正撅着小屁股一拱一拱地往上爬呢！我一想，那我可不能示弱啊！谁让他瞧不起小女生，今天我倒要让他看看我的厉害！反正都是探险了，豁出去了！

于是，我也鼓起勇气紧紧跟在他身后。哎呀！还真是冰道，太滑了！我心里有点慌了，可是，我不肯表现出来，不能让他看扁我！我抬头望了望我的小伙伴，他真是不慌不忙啊！虽然路滑坡陡，可是他却似乎更加有兴趣了。好几处，我都差点滑倒了，只好匍匐前行！天哪，如果是胆小的女生，啊不对，即使是男生，也不见得敢爬这个像镜面一样光亮的冰道的！我正在纠结着给自己打气，那边却接到了迎头泼来的一盆冷水："乌龟妹！胆小鬼！"唉！真是气人啊！我要是胆小，还能跟他一起爬这个讨厌的冰道吗？！我不服输地继续往上爬，似乎对那光亮的冰面不再恐惧了。

到达山顶的时候，我的手指头已经磕破了，放眼四顾，并没有雪，也没有冰，也没有办法滑雪，这次探险，真的很失败啊！我们俩都有点垂头丧气的。

不过，我们很快就找到了新的兴奋点，那就是回去的路上怎样淘气。本来，我是不打算顺原路返回的，太滑了，我很害怕！但是朱友恒坚持要原路返回，说可以当滑梯打下去。我战战兢兢地跟着他打着滑梯滑了下去，可是，这冰道很不光滑，我们俩的裤子都被刮破了。不过，这小小的损失给我们带来了新的惊喜！因为滑下去之后，我们看到了一个全是冰的路面，这可真是“踏破铁鞋无觅处，得来全不费功夫”啊！

我们俩选好地形，从最平、最滑的高地“突——”地一下滑到山脚，然后再次上演“匍匐行军”的好戏，就这样一次又一次地下来、再上去。我们的羽绒服和裤子上沾满了黄土和雪渣，但是我们开心地大笑！直到爸爸妈妈们焦急地找过来，无情地阻止了我们！我们俩猫在他们身后，得意地互相扮着鬼脸，压根儿不敢跟大人们说自己最初是多么害怕！

这就是我难忘的“冰峰探险”，这就是我绚烂的童年！一点点小事就可以让我们哭让我们笑的童年！

极品雾凇

期末考试结束的当晚，妈妈便带着我离开了沈阳，去吉林观赏闻名遐迩的吉林雾凇。

吉林雾凇是雾凇中的极品，它以厚度最大、密度最小和结构最疏松著称。当然这盛名的由来与吉林当地的自然条件息息相关。吉林市区内的松花江冬季时节虽然结冰，但是冰层下面几十米深的水里仍能保持4℃的水温，水温和地面温差常在30℃左右，使江水产生雾气，氤氲不散。

我们来到松花江边，两岸银树吐蕾，江柳摇曳，在轻柔多情的雪雾笼罩下，神秘而壮美，让人仿佛置身仙境。我被大自然缔造的奇观深深震撼了！放眼望去，江边的树上全都裹着一层薄薄的雪雾，加上江上袅袅的雾气，我突然体会到了“忽如一夜春风来，千树万树梨花开”那种情怀。

根据妈妈的导师肖老师的介绍，我才知道我们今天的运气有多好。雾凇其实也喜欢跟人捉迷藏的，并不是每天都有，越是急着要拜谒她，她越是羞羞答答地不见人。望着柳枝被雾凇裹成一根根“日光灯灯管”，松树被打扮成一朵朵盛开的银菊，我兴奋地喊着、跳着！肖老师告诉我，如果不小心把雾凇抖掉了，别人就没办法拍照玩耍了，所以在树下走动的时候要小心。是啊，吉林的雾凇就是这么轻柔秀美。松树上的雾凇像菊花般妖娆美丽；柳树上的雾凇如瀑布般倾泻而下；杨树上的雾凇似羽毛般层层叠叠。

走近江边，我们看到江面有两只野鸭子缓缓游过。多情的松花江就是如此地神奇，江边还浸着浓浓的寒气，江水却袅袅地升腾起雾气。真是奇怪，在这冰天雪地的三九天气中，江水为什么就是不冻呢？真所谓“一江寒水清，两岸琼花凝”啊！我兴致勃勃地到处留影，想把这些美丽的瞬间永远定格在记忆里。

随着我们脚步的移动，我们来到了当年康熙阅兵的地方。看到康熙皇帝威严地站在百官前面，我也想学学他。于是，我也挺直身子，手放在后背，但没有那种气势。我心想：可能是

我太小了吧？还是我的胸襟不够宽阔呢？这些人虽是铜铸的，但也被大自然撒上一层薄薄的雪雾。忽然，我看到那边有一个士兵在竭力拉着马，我就突发奇想，也要感受感受骑铜马的感觉。这下可费了我不少劲，使劲，使劲，终于上来啦！我威风凛凛地坐在马上，手中把握着铜缰绳上凉丝丝的薄雾，心中有种久违的激动。

神奇的大自然，是如此令人折服！我庆幸我生活在这世间，生活在这样的时代，可以随时、随意浏览大自然带给我们的宝贵而又绚丽的财富。温婉美丽的江城吉林，婀娜多姿的松花江畔，震撼人心的雾凇极品，我要把它们装帧在记忆的相册里，永远永远！

诚信引领我成长

诚信是绽放于人类之树的一朵鲜花，是做人之本立事之根。诚信是我们中华民族的传统美德。当我们举步前行时，诚信是我们迈好第一步的垫脚石。

在我很小的时候，妈妈就给我讲关于诚信的故事，印象最深的就是“曾子杀猪”。

曾子又叫曾参，是孔子的学生。有一天，曾子的妻子在哄他的儿子的时候，孩子一直大哭大闹，怎么哄也不停止啼哭。曾子的妻子被孩子闹得心烦，就顺口说，宝贝儿，别哭啦……回头等你爹写完字，让他给你杀猪吃。

小孩听了娘的话，果真就不哭了，曾子的妻子就开开心心地去菜市场买菜去了。

过了一会儿，曾子的妻子买菜回来，看到曾子正在磨刀，就问曾子：“官人，你磨刀做什么用啊？”

曾子说：“给儿子杀猪。”

妻子大惊失色，急忙问：“为什么要杀猪呢？”要知道，在古时候，一头猪相当于一家人一年的花销啊……卖了猪，可以买很多家用的东西。

曾子说："你刚才不是说，孩子不哭了就给他杀猪吃吗？"

于是曾子的妻子赶忙跟曾子解释说："我刚才是哄他的，不过是想让他赶快停下来不要哭了，逗小孩子的话怎么能当真呢？"

曾子听了妻子的话严肃地说："为人要言必信，行必果。做父母的要给孩子做出榜样，像你这样言而无信，不等于在教孩子怎样撒谎吗？"

曾子的妻子听了曾子的话，卷起袖子跟曾子一起给孩子把猪杀了。

妈妈给我讲这个故事的时候我还在上幼儿园，其实我们在生活中也常常被家长善意地欺骗，比如小孩不爱上幼儿园的时候，大人会跟孩子说："宝贝，妈妈一会儿就回来接你。"其实把孩子骗住了就要等到晚上才接走。我的小伙伴们常常遇到这样的欺骗。

但是我很幸运，我的妈妈从来没有这样骗过我，记得我刚上小学的时候，有一天妈妈周六要到单位值班，正巧爸爸周五晚上是夜班，妈妈早上出发的时候爸爸还没回来，妈妈说上班不能迟到，让我一个人在被窝里睡着等爸爸，我跟妈妈说，我一个人在家着急，能不能让爸爸过一个小时就回来？

妈妈说，不能。因为单位离家很远，爸爸最快也要在妈妈走了以后两个小时才能回来。妈妈还说，其实，妈妈完全可以说爸爸可以在1个小时回来，因为小孩玩着玩着就忘记了时间，或者在被窝里又睡着了，就没有时间的概念了，可是妈妈不能骗孩子。

我听了妈妈的话就放心地窝在被窝里等爸爸，果然，两个小时以后爸爸急火火地赶回来了，我也像妈妈说的那样，根本没有想象得那样着急。

在我跟妈妈一起生活的日子里，妈妈一直用诚实守信的品格影响着我，妈妈用行动告诉我诚信对于我们成长的重要性，我爱我的妈妈，也希望所有的小朋友都跟我一样，在诚信的引领下健康茁壮地成长！

张灯结彩的春节

今年的春节对于我家来说可真是张灯结彩、喜气洋洋！因为我们今年春节回老家过！

这几年，一直是奶奶和姑姑到沈阳跟我们一起过春节，今年，因为奶奶家乔迁新居了，大人们决定回老家一起过春节。

细心的奶奶还买了红灯笼和小彩灯挂在阳台上，真是沈阳年里没有的风景啊！可能有人会说，灯笼和彩灯有什么稀罕的？但是啊，对于我的三口之家来说，灯笼和彩灯只有六个字的评语：太麻烦，不实用。所以，这样的热闹，只有过年时候在奶奶家里才可以见到啦！

春节对于我们小孩子来说，总是值得期待的。我们期待的或是美食，或是热闹，或是放松，或是……今年的我，对于春节的期待，还有参与，参与跟过年有关的各种有趣的家务。

没到中午，我们就开始准备年夜饭了。我一个小孩，对于厨房之事那是七窍通了六窍——有一窍不通啊！无奈，只好先写写小楷了。可能我们家今年的年夜饭有些冷清，老姑去了她的婆家，家里就剩了奶奶、爸爸、妈妈和我了。四个人围桌而坐。爸爸先说了一下开场白，奶奶说了几句新年的吉祥话后，我们对着一桌子丰盛的菜，纷纷开动了。吃饭之余，我们聊了聊一年里发生的事情。我感觉啊，还是我讲的事最有趣了！那可都是我们班里一年来的趣事精华了！

才五点多一点儿，我们的肚子，便已超出负荷了。距离8点的晚会还有一阵儿呢。各做各的一些事吧！等待复等待，翘首盼除夕。春节联欢晚会终于开始了！包饺子活动也要一起开始了！

饺子馅早被利索能干的奶奶备齐了，饺子面也在擅长面食的妈妈手下乖乖地躺在那里了，下面的环节，轮到全家一起围在案板前包团圆饺子了，这回可轮到我大显身手了。但妈妈却打击我说："小年儿时候刚学会了包饺子，今儿就敢说大显身手？"我一点也不惧怕："我包饺子的功夫那可不是盖的！小case！不信，我就包给你看！"不一会儿，我就成功地包好了一个饺子。妈妈却偷笑说："一会儿煮的时候不漏才是真本事！"我心里也不怕，上回也没漏，这次肯定也不会。要不借这机会，"勒索"妈妈点儿钱？妈妈一眼看穿了我的心思："别想打赌！"

哎呀，煮的时候，我可是提心吊胆，结果excellent！没漏！我的饺子们都经受住了考验！

大年三十儿，我和家人在一起吃年夜饭、看春晚、包饺子、放鞭炮。看着家人开心的笑脸，我也笑了。现在我终于懂了，我之所以期盼春节，是期盼家人的盈盈笑脸，期盼家人的欢聚一堂！因为，过年，就是为了相聚，为了给那些远离家乡、远离亲人的游子一个回家的理由。

懒懒傻和懒懒宅

寒假时光，来去匆匆。来匆匆，是因为它猝不及防地到来；去匆匆，是因为它转瞬即逝地离去。在短短的寒假时光里，有一件趣事深深地烙印在了我的脑海里。

因为放假了，我在铁岭的妹妹佳佳也来了沈阳。佳佳很想我，所以，她在的这几天我都和她一块儿住。

我们住在我老舅家。老舅一个人在沈阳住，闲得无聊，就买了两只虾养着。这虾可成了我和佳佳被“圈禁”时光里的最大乐趣。老舅买了两只佛蓝虾，却被放在了两个鱼缸。原因是他们两个总是打架。这两只佛蓝虾的领地意识可真不小啊！我们俩观察它俩好久了，在透明鱼缸里的那只，我们给它取名叫懒懒宅。在水桶里的呢，名字就叫做懒懒傻。名字的来历可有一说呢！

懒懒傻被放在一个小鱼缸里，小鱼缸外面又加了一层水桶。因为鱼缸是透明的，它就可以看到外面，所以，就拼了命地要出来。我和佳佳看它挺可怜的，就想放它出来。放虾的过程可是“惊险至极”啊！刚把它放到水桶，它那两只大钳子就对着我俩，吓了我们一跳。我们心想：这忘恩负义的家伙！把它放到水桶，会不会被老舅说，这也是个问题啊！我们就这样提心吊胆着。没想到过一会儿，它自己又爬回了小鱼缸。我们的心也跟着放松了。回去之后的懒懒傻并不老实．又是拼命地敲打着玻璃。我们真是忍俊不禁。哎，真是只傻虾啊！

懒懒宅没有太多故事。可他住的房子比懒懒傻的气派多了！鱼缸里啊，有水草、沙子、石头，最重要的是它的鱼缸里还有两个房子，一个蘑菇房，一个隧道房。之所以有两个，是因为原来懒懒傻也住这里，可是，因功力不抵，被驱逐出境啦！懒懒宅的特点就是不仅懒，还天天宅在家里。

这后来的事可就不可思议了，懒懒傻和懒懒宅相爱啦！（呵呵，只是瞎想）因为它们又同居了，据说是要下崽儿。我可纳闷了：这两只虾，原来天天打，现在怎么和谐了？哎，真是虾的心思人别猜！

这两只虾可给我的寒假增添了不少的乐趣。我们和两只虾经历了太多故事，有惊险，有欢笑，有胆怯，有愤怒。我要把这些喜怒哀乐永远珍藏在我回忆的画册中。

魔咒笼罩下的路灯

在沐蝶山庄，有一个蝴蝶魔咒：在山庄里有一只妖蝶，落到谁身上，谁就会变成嗜血成性的魔鬼。在沐蝶山庄，有一只路灯，每天站在大马路上，可白天，他像一只被束缚了的蝶，只能坐看人间烟火，听不绝于耳的嘈杂，而在夜晚才被释放。到了夜晚，马路上空无一人，他又陷入孤独。开始，他并不为自己的人生感到悲哀，每天快乐依旧。

直到有一天晚上，一个醉汉，踉踉跄跄地走近路灯，狠狠地打了一拳。路灯说："喂，老兄，你累了，我可以借你靠，但气，请不要随意往我身上撒！"醉汉抬头："你算什么！不就是一个破路灯吗！只会在这里，在黑夜开启！你若是那水晶吊灯，我当然不打了！"说完，就走了。水晶吊灯，在这天，印在了路灯的脑海里。

一个白天，路灯看见一群人抬着一个巨大的水晶吊灯，那水晶吊灯美极了！那些透明的、闪光的坠子，那些珠链……悬挂在吊灯上的这些叮叮当当的小东西绝不仅仅是装饰品，而是反射灯火的光华，彰显高贵的道具！再看看自己，卑微的外表，在卑微的岗位上，做着卑微的工作！

一种莫名的火焰在他心中燃烧，他竟想到了在白天发亮，引起人们的注意，把自己也打造得亮丽炫目！他使尽全身力气，发亮，发亮！然而，就在他拼尽力气发亮的时候，他的钨丝断裂了，他就那样瞬间暗了下来！检查维护人员闻讯赶来，经过检查后发现没有可修的价值，就让工人们把他扔到了垃圾场。

而在这里，路灯依旧没有改变，认为自己不能和这些肮脏的垃圾相提并论，更不应该共处一室！垃圾们却说："收收你那颗骄傲的心，你现在已和我们没有区别！你已没有任何价值，只是一堆垃圾！"

其实，路灯知道那个魔咒，但是，他不知道的是，根本没有什么妖蝶，那妖蝶不过是人那颗蠢蠢欲动的心，是那心中的无尽欲望罢了。

难忘的比赛

今天，妈妈带我到沈阳报业集团参加“沈阳少儿精英大赛”，我高兴极了。

在赛前的头一天晚上，我就兴奋得睡不着觉了。

一大早，妈妈带我先坐216路公交车到市府广场，然后，妈妈发现我们走得太早，如果倒车去报业集团的话，会提前很早在那里等待比赛，妈妈就跟我商量，是走过去还是坐车，因为比赛要9点开始。我想了一下，就按照妈妈的意思决定步行过去。

我和妈妈走啊走，走了半个多小时才找到沈阳报业集团，我和妈妈都汗淋淋的，可是想到一会儿就要参加比赛了，我心里还是很开心。

到了9点的时候，有的小朋友居然还没有到，比赛只好往后拖一点时间，我有点着急，我的牌号是63，比赛什么时候才能开始啊，什么时候才能轮到我啊？

妈妈端坐在家长席那里，我就跑过去问妈妈，妈妈摸摸我的小脑袋，说，我们要学会等待，但也不要学那些迟到的小朋友，要懂得尊重别人，不要让别人等。

我听完妈妈的话就回座位上耐心地等待了。

后来，比赛终于开始了，小朋友的才艺真多啊！有的弹古筝，有的拉二胡，有的唱歌，有的跳拉丁舞，我还交了很多朋友。

终于轮到我了，我表演的是用英语自我介绍和写毛笔字，可是我的自我介绍没有在家里说得好，不过我觉得我的表现还是很不错。

最激动人心的时刻到了，主持人公布直接晋级的小朋友的名单，有 5 个人会直接晋级，我的心咚咚跳着，希望主持人念到我的名字，可是我还是失望了，我很伤心。

回来的路上，妈妈鼓励我，说：“冰冰，不要气馁，我们还没有听到最后的消息呢，再说，我们来的目的主要是为了锻炼自己。你看，我们早上走了那么远的路，战胜了自己的身体，在比赛里看到了自己的不足，以后会加强，这些都是我们的收获。”

我听了妈妈的话，很快就忘记了没有直接晋级的烦恼（不过，我可告诉你们啊，后来我真的进入决赛了呢，报纸很快公布了进入决赛的名单，我的名字就在里面，而且在很前面的位置，嘻嘻）。

今天的比赛真是让我又开心又有收获啊！

欢声笑语满“六一”

“六一”，一个孩子们憧憬的节日，一个孩子们放松的假期，一个能使地球充满欢声笑语的日子。我向往“六一”，憧憬“六一”，盼望“六一”的到来。我今年已经五年级了，“六一”对于我来说，越来越珍贵了。

为了使这个儿童节变得更加有意义，妈妈们准备让我们来个小聚会。我们选来选去，最终把目标定在了中山公园。我们都早早地起了床，准备统一出发。一路上说说笑笑，就这样到了公园。刚下车，我们就像离了弦的箭，奔进永远为我们敞开的快乐之门。

进了公园，我们玩游戏、跳皮筋、摘蒲公英……高兴得不得了。我们走啊走，走累了，就央求妈妈允许我们坐下来野餐。大饱口福后，我们几个顽皮的少年滑稽地拍拍肚子，异口同声地说：“不错，不错！”吃饱了，当然要继续游览了！这可是我们倒数第二个儿童节啊！

游中山公园的第一站，自然是“孙中山纪念馆”了！我们怀着无比崇敬的心情，一起走进这神秘的殿堂。在这里，我们知道了孙中山的民主思想，也知道了他为了祖国艰苦奋斗，知道了那段历史！

离开纪念馆，我们还没从肃穆的氛围中解脱出来，“自然王国”就到了！这可是我们这次“六一”行动最主要的目的！来到售票处，不由得发出一声声惊叹，哇！好长的队！起码有一百多人！但是，我们没有灰心，大约等了 40 分钟才买到票。可我百思不得其解，我们明明等了那么长时间，可咋感觉时间过得那么快呢？

终于，我们进入了盼望已久的“自然王国”。一进门，我们就被眼前的景象所吸引了。哇！这么多玩的！我们实在不知道先玩哪一个了！

我们的心先被巨大的“森林城堡”所吸引，争先恐后地爬上去。但上去之后我们才发现，这好像是给八九岁的孩子准备的，但是，我们还是觉得十分有意思。接着，我来到了“爬绳索”（因为我不知道它叫什么，就给它起了这个名字）游戏场地。刚开始感觉它很简单，但是通过试验，我们才发现其实很多事都是“看来简单，做来难”。但我们一直坚持，直到最后。

接着，我们也该学学知识了，“海洋生物馆”就是学知识的好去处！在这里，我知道了更多海洋的奥秘，也知道了更多动物们的神奇故事。离开了大海，我们来到了大陆，我看到了五彩斑斓的蝴蝶，看到了千姿百态的昆虫，看到了洁白如雪的天鹅，看到了毒性极高的毒蟒，看到了聪明可爱的猩猩……说是百种动物，我看真是名副其实啊！

如果你以为我的“六一”就此结束，那可就错了。我们还有一站“水上吊桥”没玩呢！“水上吊桥”，“淘气营”的秋千、蹦蹦床和无法完全钻进去的毛毛虫洞，最后，我们再次返回了

“爬绳索”场地，再一次尝试它的苦与甜，苦在于它攀爬的过程，而甜则是成功的喜悦。再一次排队，再一次收获。一个小孩子爬不动了，有一个家长对那个工作的伯伯说：“那个孩子都爬不动了，你去拉一把啊！要不这后面的咋走啊！”伯伯只是摇了摇头，那个家长却并不知伯伯摇头的原因，那是为了让孩子自己接受暴风雨的洗礼，接受寒风的考验。就像在孵小鸡时，要让她自己顶破坚硬的壳一样。

到了傍晚，我们对“自然王国”道别，对彼此道别，依依不舍地离开这如诗如画的地方。“六一”，一个让孩子们心花怒放的日子，一个让孩子进入欢乐海洋的大门，一个让孩子放松身心的伙伴！我爱你，“六一”！

楼顶的“枯草”

最近不经意看到自家附近的一栋楼房边，添了一抹淡绿。仔细一瞧，原来是一株小草。不知名的小草，就在这天被我关注到了。

我不知道它是什么时候在那里落户的，但我还记得，第一次见它，它还很小很小。它身上的绿，并不是新生力量的翠绿，而是像饱经风霜后，那种略微枯黄的绿。它附近没有一棵植株，这样的萧条，更显凄凉。这之后，我也没怎么再去注意它。可那一天，这个渺小的生物，再次吸引了我的视线。

那天下着大雨，我无聊之余，眼光又瞥向窗边。目光所到之处，那株“枯草”正昂扬地挺立。春雷滚滚，驱不走它生的信念；骤雨唰唰，冲不尽它生的渴望。顿时，它在我心中不再那么一文不值、微不足道。在我心中，那是一个伟大的灵魂！它没有享受过温室的豪华，从降生人间，就注定了它多舛的命运。即使在如此恶劣的天气，它依旧盼望着，盼望着老天能让它得到雨露，老天不会对它太过残忍。或许，更多的时候，它不是在乞求，不是在低声下气，而是在用自己倔强的身躯，去抵挡风雨，去与命运抗争！可是，就在这时，它似乎体力不支地飘飘摇摇，扎得并不深的根，似乎要被风雨连根拔起。雨，朦胧了窗户，我已看不清它，担心也在这一刻涌上我的心头。

这场暴雨持续的时间不长，两个多小时后，我打开窗子，远眺。找寻那棵草。我以为，它定会承受不住，定会败阵屈服。但我惊奇地发现，那抹绿，依旧还在！而且似乎更加强壮了。阳光照在雨滴上，折射出七彩的光芒。抬头看看天上的彩虹，真是不及它身上的美丽。彩虹转瞬即逝，那雨露也会很快消失，但，即使没了阳光的折射，它身上依旧有着遮不住的闪光。因为，它的倔强，就是最摄人心魂的光芒！

它在我心中，已不是那株枯草，其实它本就不是一株枯草。不得不承认，世间伟大的不一定只有人。人有聪明的头脑，但面对困境，是否也有这渺小的“枯草”一般坚强？

望着蓝天，看着那洁白的云朵，我笑了。

“枯草”的涅槃

整理文集的这段时间，我在自家小区再次邂逅了这株“枯草”，回忆上次写作，已经是四年前的事情了。那时候，我还是个初中小豆包，如今，我都行了成人礼，奔忙着做一只合格的高考狗。

而这株“草”，依然如当初那样快乐而忘我地在生长。原本，它就不是一株草，而是一棵榆钱树，是当年的弱不禁风，让我把它误当作了草！想必是春天榆钱飘落的时候，遗留了一颗种子在楼旁，这个可怜的弃儿就这样顽强地在楼房的夹缝倔强地孕育、生长了。没想到的是，忙碌的学习生涯，使我几乎忘掉它的时候，它还那样尽情地成长着，虽然长得可怜兮兮，无法茁壮，但是却自得其乐，迎风飞舞。

我忽然想起了那段流行的话，不要期待所有的种子都开花，因为有些种子，是树。那么，也不要所有的树都参天，因为有些树，是为了证明生命，证明它曾经来过。

久违了，我的朋友！久违了，这株美好的“枯草”！

豁达的力量

豁达是一种美德，是一种境界。豁达像春日的一阵微风，可以抚平心灵的伤痛；豁达像夏日的一片树荫，可以缓解焦灼的气氛；豁达像秋天的一阵果香，提醒人们还有那朴实的幸福；豁达像冬日的一缕阳光，让人们感到温暖无比。豁达，还像一剂黏合剂，会把友谊的裂缝粘贴好。

闪闪是我的好朋友，各种用品经常共享着用。那天上午的最后一节课，她向我借发卡拢一下头发，我自然是不假思索地就借给了她。可不知因为什么事把她惹生气了，她竟然把我的发卡摔了！我是个奇怪的人，有三样东西不能被虐待：古筝、书、饰品。我当时真的是很生气，因为对我来说，每一个发卡都是有属于它自己的故事的。我不仅气自己心爱的发卡被摔，更气闪闪用别人的东西泄愤。为了控制自己的情绪，我选择回避这个话题——冷战。可是，中午我一边吃饭，一边想，怎么想怎么不对劲。那就是一种心里落寞的感觉吧，一种心空了的感觉吧。我不知道它从何而来，也不知怎么去填补心中的空缺。

在下午第一节课之后，我主动去找了她。

"其实我是知道你生气起来就会摔东西的。"

“其实我也知道你那‘三大禁忌’的。Sorry 啦。”

“原来一句话这么神奇啊。”

就这样，三句话，就化解了我原以为很难解决的矛盾。我们又回到了以前那样嘻嘻哈哈的日子。

在豁达和苛责之间，我选择了豁达；在朋友和发卡之间，我选择了朋友。因为我知道，在不逾越原则的前提下，豁达收到的效果远比苛责好得多。事实不也是如此吗？因为我知道，发卡摔坏了可以再买，友情摔坏后就再也买不回来了。事实同样给了我一个很好的答案。

豁达就是这样一个很神奇的东西，当我们学会豁达地对人对事，我们就会慢慢发现，原来这个世界是那样的美好和精彩。

我给姥姥姥爷做饭

我们有时候总是看不到自己得到的有多少爱意，也忽略了自己的付出有多大的力量。

——题记

上周，我刚刚掌握了蛋炒饭的技巧，还煮了一个汤。这周末我就去了姥姥姥爷家，想为他们准备一顿大餐。

我把这顿大餐安排在中午，想让姥姥姥爷多吃点。做饭之前，自然是先备料了！虽说这对爸妈是极为简单的活儿，可是对我来说还真有点难度，因为我还不能游刃有余地使用刀具。我先洗好需要的蔬菜，然后把火腿、胡萝卜、蔬菜、葱花都切好。我切得很慢，但很细心，很小心。我把火腿肠和胡萝卜切成漂亮的小丁，然后切葱花、蔬菜。还有一道最重要的备料工序就是搅鸡蛋。鸡蛋打好后，我就要开始操作了！这时候，不放心的姥姥姥爷跑来了厨房，他们用商量的口吻跟我说："冰冰啊，炒蛋这道工序就由我们来做吧！"那怎么行？我心里想着，这可是我筹谋已久要为他们展示的才艺呀，去掉炒的过程，还剩啥了？我坚决不肯，笑嘻嘻地把他们"轰"了出去，一定要自己完成这件浩大的工程。

开火，倒油，我还是很熟练的，我已经在家试验过好多次，真可谓是信心满满、胸有成竹啊！我肯定会做得超级美味的。炒好鸡蛋，开始炒葱花，这个步骤一直不太熟练，总是怕油溅到自己，所以每次都躲得远远的。妈妈告诉我，放低点儿往锅里投就没事，可是我总是不敢放低，唉！看来我还需要加强练习啊！之后，我放入火腿丁、胡萝卜丁、蔬菜，炒的时候，我突然想起，自己还没有盛饭，就扯开嗓子喊姥姥，姥姥慌慌忙忙地出来，赶快盛了饭，帮我倒进了锅里，我的工程这才得以顺利进行。姥姥帮我倒完米饭之后，我就马上宣誓主权，再一次将姥姥“驱逐出境了”。

香喷喷的蛋炒饭终于出锅了。自己亲手做的感觉就是色香味俱全啊。工程已完成了一半多，还有一个汤，这个汤非常简单，就是把水倒进锅里，再把买来的汤料倒进去，等煮沸打入一个蛋花即可。我煮啊煮，终于煮好了！我兴奋地把汤盛到碗里。然后把汤、饭从厨房端了出来，摆上餐桌，这才郑重其事地把姥姥姥爷从屋里请出来。

看着热气腾腾的汤和色泽香嫩的饭，姥姥姥爷兴奋异常。我不知道用一个什么样的形容词才能准确地描写出他们当时的表情。那种发自内心的、难以掩饰的激动和高兴，是我从没见过的。我不知道自己的行为可以使他们这样的高兴。我只是想告诉他们我会做饭了，可是在他们心中，是自己的外孙女长大了，可以自己照顾自己了，他们以后不会再那样担心我了。

同一件事情，孩子和大人想的永远是不一样的，大人想的也总是比孩子多。他们时刻想着我们的安全，我们是否舒适，而我们却只想着自己心里的那一件事。他们给我们的爱或许我们不理解，但当我们用心感受时，我们就知道这是为什么。或许有时我们认为他们的爱太傻太迂，可是我们却喜欢这种傻傻的、迂迂的爱一直包围着我们，不是吗？我们总是和朱自清一样，小时候感觉自己很聪明，总认为大人们的行为是多此一举。但当我们长大了，我们才知道傻的人到底是谁。

那天，姥姥姥爷脸上始终洋溢着那种幸福的笑容，他们将我做的饭一扫而光，还奖励了我 200 块钱。如果可以，我想天天为他们做饭，因为我想天天看见他们那满足的笑容，当然啦，奖励是不会再收了！

腾格里孕育的智慧

——读《狼图腾》感受生命的震撼

越是读《狼图腾》，心里越是有种悲愤和苍凉，曾经桀骜不驯的草原狼，美丽冰蓝的腾格里，广袤无垠的大草原，因为农耕民族的强势入驻而不复存在。

游牧民族或许没有太深厚的文学素养，没有很完善的科学知识系统，但他们有如腾格里般冰蓝的信仰，有如草原狼般的智慧和毅力。他们用自己不变的纯粹，去守护草原千百年来微妙的平衡；他们用自己虔诚的信仰，去解释那些客观存在的事实。他们并不像农耕民族想象的那样粗俗野蛮，他们分得清善恶好坏，他们对万物生灵有着敬畏之心，他们用祖先积淀下来的经验摸透了大草原的生存规律——而这些绝不是农耕民族所能看得到的。若我是那王昭君，我也会乐意来这片充满了激情与挑战的自由天堂，没有了尘世的纷扰，没有那些真真假假，只有最原始的纯粹。

善战的蒙古族之所以能够横扫欧亚，就是在这草原中训练出来的。任何一个成功强大的民族绝对有它绝顶的智慧，否则它何以存在？而蒙古族最大的弱点在于文化的落后，也因此被汉人瞧不起。伟大的蒙古族因为没有文化的传承，曾经辉煌闪耀的历史不再被人们所知。

不可否认，是蒙古狼成就了蒙古人，成就了蒙古草原。看《狼图腾》之前，我也有着汉人骨子里恨狼、怕狼的心理。但我现在知道了狼是多么聪明，甚至可爱！草原狼拥有最卓越的军事才能，善于利用地形、气候等天然因素，在残酷的草原存活，也正因为如此，草原上所有的生灵，都由狼为它们执行“天葬”，将它们的灵魂带到腾格里上。因为它们知道，只有狼才配如此。狼身上那种誓死不屈的精神似乎是一种天性。被人围攻的老狼，毅然选择纵身一跃，而不是让人类打倒；老狼的伴侣，即使被烟熏得猛烈地咳嗽，也不当逃兵，也不做战俘逃出洞穴；被越野车追的轰然倒地的巨狼，也绝不让人类结束它的生命。我原以为这是狼群在一场场残酷的战斗中遗留下来的品德。但后来我深深地发现，我错了。被陈阵圈养的小狼从没跟从狼爸狼妈外出征战，甚至从没看过它们一眼，但当陈阵牵着它搬家时，它拼死抵抗，磨破了狼爪，喉咙里不断涌出鲜红鲜红的血液，脖子上的鬃毛也被磨掉，变得血肉模糊。即使如此，没有经历过战斗的小狼也绝不接受被人牵着走。那一刻，我知道了，狼的不屈同它的智慧一样，是与生俱来的，是不需教和练的。

当我读到包顺贵等愚昧无知的人对狼恨不得赶尽杀绝，甚至是一连打死五六条大狼时，我真想把他们从书中拽出来一枪毙命。当狼被迫离开额仑草原，老狼、病狼因为打不到食回来捡人畜剩下的垃圾时，我的心隐隐作痛，曾经如王者般在草原上存在了千年的草原狼，如今竟落得如此地步，说不尽的沧桑油然而生。狼一少，老鼠都开始疯长，抢草吃，毁草原。蒙古老人都说狼是要打的，但不能打绝。獭子也不能连窝端，小獭子和怀了孕的母獭子要放生。千百年前被蒙古人摸透的可持续发展规律，农耕民族为什么就是不懂？非要等到把中国所有草原都啃光，才肯罢休么？！

《狼图腾》，彻底颠覆了我对狼的认识，也让我懂得了更多关于狼性、人性的东西，那书中所写的白狼王还有后代存活于世么？多么希望这优秀的蒙古狼还能在草原上奔跑狩猎，在宁静的黑夜对着腾格里诉说它那不尽的仰天哭嗥……

今夜梦里，会不会听见那哭腔四溢、忧郁而绵长的蒙古狼嗥？

第二辑
爱的天空

伟大的母爱

今天是正月十五，外面大雪纷飞，可是我还有盖伦的英语课。所以，我和妈妈还是要出门。

我和妈妈来到楼下，发现雪下得真大啊，北风呼呼地刮着，夹着雪粒，吹得人睁不开眼睛。路上几乎没有行人了。妈妈看了看天，说："冰冰，你在这里等着，妈妈到车库把自行车推出来。"我很纳闷地问妈妈："雪都很厚了，自行车可怎么骑啊？"妈妈说："不能骑的，妈妈推着你去上学。"妈妈推着我很困难地上路了，我坐在自行车后座上感觉风是那么地大，雪也不像原来那么让我兴奋了。以前，每次下雪，我都高兴得又蹦又跳，因为雪像妈妈的手一样轻轻地落在我们的脸上、身上，可是今天的雪让风给教坏了呢，风吹着雪直打在我们的身上，尤其是妈妈，她瘦小的身体在雪地上显得很狼狈，妈妈低着头向前拱着身子，嘴里嘟嘟囔囔的，我仔细一听，原来妈妈在给自己鼓劲呢，她说："加油，加油。"原来妈妈这么累啊，我就说："妈妈，让我下来走吧。"谁知妈妈一下子就把我的提议给否决了。妈妈说："你赶快趴下，不要讲话，也不要睁眼睛，不然的话雪会吹到眼睛里去。"

我很想知道雪怎么不会吹到妈妈的眼睛里呢——可是我没敢问妈妈，因为我听到妈妈回答我的时候很困难。

下英语课的时候，我看到妈妈在等我，雪还是在卖力地下着，路上的雪也更厚了，风也更大了，很多的时候，妈妈都要让我下来蹲在她的身边，因为风几乎要把我们吹走。到家的时候，我终于看清了妈妈的脸，妈妈的脸冻得红红的，眼睛也因为雪而变得通红，可是，我一点也不觉得妈妈难看，我觉得妈妈还是那样的好看。我到自己的房间换衣服的时候听到爸爸妈妈的谈话，爸爸说："平时都不骑车的，今天这么大的雪怎么想起要骑车呢？"妈妈说："我怕孩子在雪里走把棉鞋弄得全是雪，到教室里暖气一烤，就化在鞋上了，孩子穿着湿鞋怎么学习啊？"我听了妈妈的话心里很不好受。

这次的雪灾让我懂得了母爱的伟大和不可战胜，我爱我的妈妈。

成长的力量——写在《伟大的母爱》之后

这是一篇沉睡了八年才被我看到的文字，文字的出处是2007年5月份的《少年作家》。我无法准确地描述自己在读到此文时的震撼，我在想，这是我吗？我做过这样的事吗？岁月啊，就这样，让我们一点点地忘记了在旧时的年岁里，年轻的我们曾经孕育了多少的激情、浪漫和拙行。

当我在宝贝的文字引领下，轻轻拂去记忆的尘土，那些短短的儿语，似乎幻化成当年女儿童稚的声音，一遍一遍湿润着我的双眼，我深深地被天下母亲感动了！母爱，就是这样一种真实、本能的存在，融化在无数的家庭、无数的成长中。我在想，是什么样的力量，让我在风雪中自己为自己加油？！又是怎样的激情，让我在辛苦中开怀地满足着？

是了，是成长，成长的力量！在这个世界上，没有任何事物能够阻挡成长的脚步、能够抗衡成长的力量！感谢生命的传承，让母亲在儿女的成长中成长，感谢各种意想不到的困难甚至是灾难，让生命碰撞出璀璨的光华！母爱伟大，却无法超越成长的伟大！母爱无私，却无法超越成长的魅力！是生命的成长，激发出母爱以及人类其他情爱的本能；是成长，带给生命无数的感怀，奇迹和巨大的潜在能量。

我知道，成长中的点点滴滴，太多太多都被平淡、平常、平凡的日子研磨，冲淡了她的光华。那么，又有多少不曾被记载的年轻岁月，体味不到的辛苦成长过程，被我们遗忘了呢？当遗失的记忆在这字里行间复苏，当永恒的爱在稚嫩的童音中清澈了每一段过往，我们不自禁地要为文字的魅力喝彩！感谢文字记录的一路相伴，让各种美丽的故事代代流传！

（妈妈的话）

开心周末

这个周末的作业比较少，妈妈带我去逛商场。而且，妈妈答应给我买一条纱巾，我怀着非常期盼的心情跟妈妈来到了友谊购物。妈妈说，昨天她下班的时候在友谊购物碰到一款漂亮的纱巾，要让我看看喜欢不喜欢，然后再决定是否要买。

到了商场，妈妈挑了半天也没有找到原来选好的那一款，当时我非常失望，妈妈也有些失望，可是又没有什么办法。

后来，妈妈带我来到商场一楼的"肯德基"给我买了一个甜筒作为补偿。妈妈说："没买到纱巾很对不起，所以妈妈要给你补偿。做人要言出必行，要讲究诚信。"妈妈还夸奖我说，我没有像许多小朋友那样，因为没有达到愿望就要赖皮，很值得表扬。

我听了妈妈的话，心里一下子舒服极了。我觉得妈妈是那么的亲和，不因为是长辈就命令我要怎样怎样，于是我就大胆地跟妈妈说："要是昨天买回来就好了。"妈妈听完我的话，思考了一下，和蔼地对我说："你还能背诵金缕衣的诗吗？"我很纳闷妈妈为什么转移话题了呢，大概是怕我老记着纱巾的事吧。我就顺从地背了起来："劝君莫惜金缕衣，劝君惜取少年时。

花开堪折直须折，莫待花落空折枝。”

妈妈认真地听我背诗，然后她启发我说：“你看，妈妈做事情犹犹豫豫的，就错过了机会，今天我们只是错过了一条纱巾，如果我们在学习上错过了季节，将来会有多后悔啊！”

虽然我今天没有买到想要买的东西，可是妈妈的做法不但让我明白了做人要讲究诚信的道理，还让我明白了“黑发不知勤学早，白首方悔读书迟”的道理，我觉得很开心！

大头贴

今天是星期日，我写完作业后，妈妈给我梳了好看的头发，带我到市场去。我好奇地问妈妈为什么要给我打扮得这么漂亮。妈妈很神秘地对我说：“到了你就知道了。”于是，我怀着十分好奇的心情跟妈妈来到市场。

到了市场以后，妈妈并没有急着采购，而是把我带到了一个电脑照相的地方，后来妈妈给我解释说，那叫作大头贴，照完以后可以马上打印，然后可以根据自己的喜好把自己中意的照片粘贴到自己喜欢的地方。因为我从来没有照过大头贴，觉得新奇极了。妈妈告诉我说，因为妈妈工作很忙，不能常常陪着我，如果我想她的时候，就可以翻开来看。

我和妈妈照了好半天才照完，在照相的时候，我一会儿拌鬼脸，一会儿装深沉，逗得妈妈哈哈大笑。然后，我们选了各种表情和贴图。回家的路上，妈妈对我说，可以把我们照的大头贴粘在文具盒里。做习题的时候，当我打开文具盒取橡皮或者别的什么东西，就会看到妈妈在看着我呢，妈妈在提醒我，一定要认真，千万不要马虎。我听着妈妈的话非常感谢妈妈的细心。

我的妈妈在一家化工厂工作，因为公司要连续生产，所以妈妈的工作很忙。妈妈常常早出晚归，有的时候晚上还要值夜班，我上学以后，妈妈就把我寄放在小饭桌吃午饭，到晚上放学的时候，小朋友们都被妈妈接走了，我总是最后一个被接走，可是妈妈非常爱我，妈妈常常教育我说，写作业一定要认真、仔细。如果我在考试中因为不会而考得不好，哪怕只考八十分，妈妈也不责怪我；可是如果因为疏忽了，哪怕只丢了 0.5 分也是不应该的。我有的时候写作业马虎大意，妈妈总是耐心地教导我，说在生活中许多不可挽回的悲剧都是因为粗心造成的，因此做事情要一丝不苟。

现在，妈妈又带我照了大头贴，我把它放在我的文具盒里，当我想妈妈的时候，我就可以打开看看，当我写作业不认真的时候，我就会发现，妈妈正在看着我呢！亲爱的小朋友们，祝愿你们也能拥有跟妈妈合影的大头贴，可是，我要告诉你哟，上课的时候可不要看大头贴、搞小动作，要认真听讲，下课或者放学在小饭桌等妈妈的时候才可以看的啊！虽然我们不能时时刻刻和妈妈在一起，可是妈妈的心却永远和我们在一起，妈妈的爱也会一直陪伴着我们成长。

我家的那次“熄灯一小时”

现在全世界都在倡导低碳生活，我也想为我的地球母亲做点贡献，别让她再生病了。当然啦，提倡低碳生活可不是光靠嘴说的，要有实际行动才行。那么，今天，就让我们为共同的地球母亲来熄灯一小时吧！

晚上回到家里，我就跟爸爸妈妈说，今天要抓紧吃饭，然后要搞“熄灯一小时”活动。爸爸妈妈爽快地答应了，妈妈还说，要不要去跟居委会说说，整个小区都停电呢？爸爸老练地弹了一下妈妈的脑门，说：“自觉就好，别惊动组织。”

是的呀！我们要自觉！那么，熄灯的一小时，我们做点什么呢？这白天还好办，可是，大晚上的，“熄灯一小时”，按照游戏规则，就是断电了呀！那么，既不能看电视，也不能听广播，这可怎么办呢？

想来想去，我想到了一个既愉悦身心又保护环境的好主意——我给爸爸妈妈弹古筝！

古筝可是我的爱好和才艺之一。以前老师为了训练我的反应和速度，就让我熄了灯练，这造就了我在古筝演奏上的“金刚不坏”之身。嘻嘻，当然是吹牛啦！不过，现在，在这个熄灯活动刚开始的时段里，貌似我的盲弹，会给爸爸妈妈带来快乐呢！而我，正好趁机卖弄一下哦！

爸爸真是个不折不扣的行动派，八点一到，爸爸也不管妈妈是否洗好了碗筷，也不管我是否做好了准备，总之，他毫无预兆地就拉下了家里的总闸。说实话，突然漆黑一片，我还真有点害怕呢！不过很快我的眼睛就适应了黑暗，看到了爸爸和妈妈的轮廓，我的心，一下子平静下来。借着窗外的灯光和月光，我摸索着挪出古筝凳子，坐在筝前试了音准，一曲美妙的《高山流水》从我的指缝缓缓流淌……

黑暗里，我看不清爸爸妈妈的脸，他们也看不清我。但是，我们能够感受到彼此欣喜宁静的心。我趁机给爸爸妈妈弹了一些流行歌曲，爸爸居然即兴在我的伴奏下演唱起来！随后，声线并不好的妈妈也加入进来。我的筝音，感染了他们！他们开始投入地歌唱，这，可多亏了我这个小小演奏家哦！我不仅会弹各种古筝名曲，还会弹好多流行歌曲呢！这可是说唱练耳带给我的福利！我娴熟地演奏了几曲爸爸妈妈年轻时喜欢唱的歌，《知心爱人》《选择》《晚秋》《一帘幽梦》，都是旋律极美的歌，手指过处，拨动心弦。当然，我是家里的小公主，我的需求是最不能被忽视的，我们学校的音乐书里的《外婆的澎湖湾》《剪羊毛》，只要我的筝弦响起，爸爸妈妈的歌声就会飘过。就这样，我们在快乐的乐声中度过了两个多小时！看来，黑暗也没什么可怕，低碳也并不遥远。

第一个本命年

今年对于我来说，不比往年，因为，这是我的第一个本命年。我就要满十二周岁了，已经是一个大姑娘了，我很期待它的到来。

我们班大多数同学都是属兔子的，快放寒假的时候，我们班里的同学们已经在炫耀他们的红色的衣服或者饰物了，我好奇地问妈妈，为什么今年我们都要穿红色的衣服?

妈妈说，这是从老辈儿传下来的，说本命年的时候穿鲜艳的衣服可以辟邪，后来就演变成穿红色了。因为今年是兔宝宝们的第一个本命年，加上现在的生活越来越好，所以家长们都很重视。

妈妈的话在我幼小的心灵里荡起了无数的涟漪，妈妈会不会给我准备一些非比寻常的礼物呢？可是妈妈说到这儿就不说了，也不给我许诺会给我买什么礼物。我就很着急。

除夕前的一天晚上，妈妈下班回来给我带回来一个苹果，妈妈说这是平安果。我歪着脑袋看来看去也没看出这苹果跟我平时吃的有什么两样，妈妈慈祥地笑着对我说：“虽说这个平安果和其他的苹果没什么两样，可是这个苹果是妈妈跟 24 个不同姓氏的人求来 24 个一角钱凑在一起买来的，所以起名

‘平安果’。”我一听，似懂非懂地看着妈妈满足的笑容，想，原来这样啊！妈妈告诉我，这 24 个姓氏都是妈妈精心选出来然后求来的。有姓“柴”“米”“尤”“颜”的，还有“文”“武”“康”“宁”……妈妈用姓的谐音来祝愿我以后的生活丰衣足食，把我给“刘”住。

妈妈还开心地给我和爸爸讲求那些比较生僻的姓氏过程中的趣事，因为人家不在班，就每天去等，可是好容易等到了，人家兜里不巧又没有一角的钱，就约好再等。我想象不到妈妈在冷风中走了多少次，可是妈妈却笑得那么开心，一丁点儿都不抱怨自己费了多少周折，似乎我的健康是这个平安果给带来的，而不是她平常照顾的。

大年三十这天，我抱着老舅妈送给我的平安兔，吃着妈妈给我买的平安果，穿着姑姑给我买的红内衣，还有奶奶给我织的红毛裤，真真成了一个地地道道的小红兔。尤其是奶奶给我织的红毛裤，有的地方还有掉套的，妈妈说，那是因为奶奶年岁大了，眼睛花看不清，奶奶一定费了很大的功夫才把这条红毛裤织好。

我被这些火红的祝福包围着，幸福又感动。这就是我的第一个本命年，装满了爱和祈祷，有了这些爱，我会更加勇敢地扬帆起航，驶向梦的彼岸。

那一刻，我长大了

或许，长大是孩童们都向往的一个词汇。是的，我也曾经向往过长大，向往过独立。可能在那时，我的脑子中，对于长大的概念还很模糊——认为有了自由，不用大人管就是长大了。这大概也是所有正在成长中的孩子们的心声吧!

但是随着年龄的增长，随着经历的增多，我渐渐发现，长大，其实就是一瞬间的事儿。我终于长大了，就在那一刻。

那是某一年的暑假，妈妈带我去旅游，火车返回沈阳站的时候，天正在下雨，而且雨里还带着些冰雹。因为雨下得大，来得又急，很多人都滞留在车站的出站口。当时天已经完全黑了，可能晚上七点半左右了。我和妈妈也只有一把随身带的遮阳伞，这样的天气根本用不上。我心中有些担忧，这路上全是水，还是晚上，怎么回家啊？没想到，妈妈早想出了措施。妈妈说：“冰冰，咱家住得远，在这里等着又能怎样呢？这雨看上去一时半会儿停不了，我们还是赶快回家吧。你把妈妈的外套穿上，咱俩快跑去车站。”

我应声允诺，随着妈妈冲进了雨里。可是到了车站，公交车久久不来，我心中便有些埋怨，都这种情况了，妈妈怎么还不打车?

可是，我没有说出口。由于暴雨，等车的人并不是很多，跟平常快到收线的时候，车站堆好多人的情形截然相反。公交车站的雨搭根本遮不住雨，妈妈把自己随身带的衣服能掏出来的都掏了出来裹在我身上，可是，夹杂着冰雹的雨水还是不客气地打湿了我的胳膊、后背。公交车终于来了。我们哆哆嗦嗦地上了车，然而，这并不是结束，后来的发生的事情简直让我终生难忘。

因为雨大，当公交车行驶到车站附近的一个桥洞时，雨水竟然漫过了车窗。司机也是完全靠经验判断怎样冲过去，我当时忽然想起来电脑操作的“盲打”，这，简直就是“盲开”！车厢里一下子全是水。多亏我和妈妈坐的是车门边的那两个高位子，我们身上没有再次被污水打湿，其他的人鞋子里都灌满了水。这时，我明白了，为什么这么恶劣的天气，妈妈却没有选择打车回家，打车的话刚才的积水处根本过不去的！

我和妈妈彼此依偎着，妈妈帮我把外层的湿衣服都脱下来，用胳膊怀抱着我，其实我已经很高了，妈妈根本裹不住我，我望着妈妈湿答答的头发，情不自禁地回身怀抱着瘦小的妈妈，就这样，妈妈和我彼此温暖着向着家的方向眺望。

终于到站了，雨还在畅意而抒情地下着，根本不在乎赶路的人是怎样的心情。我和妈妈互相鼓励着，虽然声音发抖，可是我们笑得那么惬意，那么开心。

妈妈把我裹得很紧，因此我身上倒没怎么湿，可是妈妈身上都湿透了。我顿时泪水模糊，望着被浇成落汤鸡的妈妈，我哽咽了。妈妈却开心地对我笑着说：“看看，我们到家了吧?

妈妈没事，冲个热水澡就好了。”

“妈妈，你都没有厚外套遮雨，妈妈我错了……”

“傻孩子，妈妈没事。你知道给妈妈暖和身子，懂得体贴父母，知道感恩了，真的长大了！”是的，我长大了。

其实，长大有时就是发生在瞬间的事情，或许只是心灵的微微一颤，可是这背后，却是母亲温暖的推动，无言的感化，还有岁月的磨练！

暖心的呵护

夜，静谧而安详，散发着它特有的魅力。深夜的特点用一个字就可以概括，那就是静。而打破这份宁静的人，就是我。凌晨三点，我突然醒了，嗓子干干的。倒水，水声和夜的宁静是极为不符的。看着窗外，我从没见过这样的天空，深深的，我不知是蓝还是黑，有那么几颗星星点缀着，真是美极了。突然，我感觉有个人站在我身后，我猛地一回头，原来是妈妈。这么晚了，妈妈怎么还不睡呢？原来，妈妈被梦惊醒了。接着，妈妈就给我讲述了她的梦。

梦里，妈妈很饿很渴，走着走着看见了一棵石榴树，有一个人在那采石榴。妈妈想他应该是这棵树的主人，虽然他没说。

妈妈忽然觉得我会很爱吃很需要吃。为了我，妈妈勉为其难地跟那个人开了口。妈妈迷迷糊糊不知道用怎样的称呼张了口，说想跟他要一个石榴。那人很慷慨地给妈妈挑了一个火红的石榴。妈妈把石榴放进自己拎的方便袋里，似乎不那么饿了。

又走了一会儿，回到刚才的树下，妈妈看到有被师傅遗落的石榴，想捡起来交给他。这时，妈妈发现原来这个石榴有一半是烂掉的，可是另一半是完好的呀！于是妈妈决定捡起来自己把它吃掉——因为妈妈好饿啊！

讲完后，妈妈微有些窘意。妈妈那么饿，第一时间却还是想着我。这不禁使我想起了另一件事，这件事在我的脑海里已没有印象，是姥姥在我稍大一点的时候讲给我听的。

我很小的时候，妈妈和姥姥带我去劳动公园，然后妈妈在一个拱桥形的健身器材上运动。大概是这样：半躺着，上身运动，和仰卧起坐差不多的样子。那个健身器材是铁制的，很硬。我突然走过去，妈妈正好抬身，如果按正常的频率，妈妈就可能会撞到我，而仅仅是为了一个不一定会发生的可能，妈妈突然松手身体向下，头就撞上了铁制的器材。我在听的时候，头就嗡嗡作响。我问妈妈为什么不用手挡一下呢，妈妈竟微笑着说，情况那么急，怎么反应得过来呢。

妈妈能反应过来我需要保护，却反应不过来自己也需要保护。出于母亲的本能，妈妈永远是第一时间想到孩子的需求，而正是这种本能，让一个母亲在生活里，自己变得越来越小。

无论是在梦里，还是在现实中，妈妈就如同夜空一样，宁静、沉默，却在我们最需要的时候，随时出现。

母爱的魔术

从婴儿的呱呱坠地到哺育他长大成人，父母花去了多少的心血与汗水，编织了多少个日日夜夜；从上小学到初中，乃至大学，他们反复多少句叮咛和嘱咐，期待了多少个春夏秋冬！

我们时常抱怨自己过重的学业压力，却从未注意过父母身上背负着比我们重千百倍的担子，可他们呢？我们什么时候听过他们一句抱怨？我们什么时候体验过他们的辛劳？

那一年的冬天特别冷，趁着寒假，妈妈计划让我把平时生疏的古筝课捡起来。我的古筝老师是“沈音”的，离家特别远。按照老师的时间安排，我的时间段是在下午的五点半到六点半，这需要我每天下午三点就得从家里出发，晚上将近九点才能到家。有一天，我等公交车很久也没有等到，凛冽的寒风吹着我可怜的小腿，感觉脚底下踩着一座冰山。好容易到了“沈音”，我感觉自己都冻僵了。我给妈妈打电话说：“妈妈，太冷了。”

电话那端我似乎感觉到妈妈轻轻吁了口气，哦！妈妈，您没听到女儿说自己冷吗？

短暂的沉默之后，妈妈不急不慢地说：“到了就好，冷的话跺跺脚、搓搓手。”

妈妈冷静、平淡的语气让我有些许的失望。我多么希望妈妈问问我，冷不冷，怎样坚持到了学校？可是，妈妈只是貌似如释重负地吁了口气，吝啬地连说句“大宝好可怜”都没有。

晚上，妈妈接我的时候，手里拎了一个鞋盒子，她小心翼翼地对我说：“冰冰，妈妈给你买了双新棉鞋，可能不一定是你喜欢的风格，但是你好歹先穿着，哪怕就穿这四五天，等周末妈妈休息的时候，白天再带你去买别的款式。”

我望着妈妈冻得通红的双手，下午的懊恼一扫而光，忙不迭地说：“妈妈，我喜欢，喜欢！”

妈妈在开发区上班，每天下班到市区就得五点半了，她需要在一个小时内坐公交车赶到我上课的地方，然后把我接回家。我不知道妈妈怎样支配这一个小时的时间去为我选这双保暖的棉鞋，更不知道她在冰天雪地光滑的地面是不是摔过跤，可是，那双棉鞋就像魔术师手里的艺术品，那么真实地呈现在我面前。

回家的路上，妈妈跟我说：“以后遇到这么恶劣的天气就不要出来上课了，安全才是最重要的！”

原来，电话那端妈妈轻轻吁气的声音是真实的，妈妈是那么惦记我！在妈妈的概念里，权衡女儿的安全和寒冷，显而易见安全才是最重要的，因为，寒冷带来的伤害，只是身体经历一次考验而已呀！

母爱就是这样，像魔术，无所不能却沉默少言。母爱，就像空气，因为时刻相随，让我们忽略了她的存在；母爱，就像饮水，因为唾手可得，让我们忘却了她的重要。母爱啊，她浸泡在我们的生命里，储备在我们触手可及的地方，隐形在我们的生活中，无所不能、细密绵长。

求学路上，母爱浓浓

世上的每一份母爱，都是孤本，但是所有的孤本都是同一个主题，万千爱意，点点滴滴，伴随我们一路成长。

——题记

自幼，我就开始学习古筝。那时家里的收入还很低，但是妈妈仍然花了三千多元给我买了一架中档的雕花楠木古筝，虽然不是很贵重，但是在我们家这样一个收入微薄的家庭，已经是大手笔了。妈妈总是省吃俭用，给我选最好的老师，买上好的义甲和丝绸质地的胶布。

记得我们买回古筝那天，妈妈为了节省一点钱，就带我坐公交车去老师家里取。可是我们第一次到老师家，走错了路，幼小的我越走越累，妈妈却不舍得打车。她慈爱地蹲下身，让我趴到妈妈背上睡一会儿，温和地哄着我说："乖宝贝儿，睡醒了咱就到了。"

我第一次换古筝老师，是因为习筝到中级后，原来的老师已经无法满足我学习的需要。那天，到了约定的时间，天却忽然下起了暴雨，虽然我们家离老师家骑自行车只需要 15 分钟，可是风雨交加，根本无法骑自行车。妈妈看着阴呼呼的天，果断地说："走，妈妈推着你去，提前一会儿出发就行了。"

我非常不解，反正是约见面，不一定非在那里学，妈妈为什么那么坚持呢？妈妈默默地帮我的脚套上防雨鞋套，又拿出大人的雨披把我捆成了一个小粽子，让我乖乖地坐上后车座。为了避免淋雨，妈妈让我站在楼道里等，她冲进雨里去车库把自行车推过来。

风雨中，我看到妈妈只穿了一双凉鞋，小小的身体瑟瑟发抖。路上，妈妈说："做人要讲信用，跟老师约了见面，就一定要去。这第一堂课呀，可是给我们冰冰留下深刻印象了。"

转眼我长大了，我的古筝学习也小有成果。一天深夜，我起来喝水，看见父母的卧室依旧亮着灯，我心中有了一丝疑惑，这么晚了，妈妈在忙什么呢？我便开门走进母亲的房间，看到母亲急忙关掉了一个窗口，对我笑了笑，说："怎么了？"我说："没事，妈，这么晚了，你快睡吧。"之后，我很快便忘了这件事。

几天后，妈妈拿回来一本书，满面笑容地对我说："冰冰，你看，喜欢不？"原来，妈妈亲手给我做了一本自己编排的古筝曲谱书，有流行音乐，也有电视剧插曲，都是我喜欢的曲子。

顿时，我明白了，那深夜从母亲房里流泻出来的灯光，是母亲在为我打造世上独一无二的孤本教材啊！母亲就是这样细心地记录着我的喜好，帮我积攒起成长的力量，用她朴实无华的爱带着我前行，伴着我成长。

我拥着母亲哭了，模糊的视线中，我看到那温暖的封面上写着：《我最喜爱的古筝曲谱集——凝集妈妈的爱》，下面，是跟书融为一体的我的名字。妈妈温和地笑着，拍拍我的头开心地叮嘱我："小心点用，这可是世上独一无二的孤本啊！"话语间流露出一种心满意足。

母亲不懂乐器，但她在我学习古筝的路上，给予我的是堪比老师的帮助。时间可以让人淡忘很多，但是母亲给我的浓浓的爱，就像这本书一样永远珍藏在我的心中，永不褪色。

台灯下，母亲送来的一杯热茶，让我感到了无尽温暖；出门前，母亲的一句叮嘱，让我驱散了只身在外的孤独与不安；受挫时，母亲的一句安慰，又给了我莫大的支持和鼓励。

母爱浓浓，铺就求学坦途；关怀一生，洒满整个生命。

我的古筝生活

筝音袅袅，写意优雅的生活；书声琅琅，涂鸦成长的印迹。

——题记

成长的岁月里，如果没有书声相伴将无比贫瘠；求学的道路上，如果没有音乐的点缀将了然无趣。所幸，二者我兼得而飨之，甘之若饴。这，就是我点缀着古筝清音的美丽生活。

古筝生活里，有挑战自我的快感

初识古筝，那淙淙筝音宛若从云中泻出，我徜徉在乐声里寻觅惊喜。然而，课程的加深、弹奏技巧的高难度让我踟蹰不前。

一次次地退缩又一次次地坚守，每根筝弦都在反复亲吻我的手指，感受我指尖传来的不同的力度，同样的温度。那一本本证书、一枚枚奖牌俏皮地记录着成长的足迹。

挑战自我，从长长的学筝路伴我悄然走来。我知道，我学会的，不仅是一门技艺，更是一种自我的提升与考验。陶冶情操，磨砺性格，古筝，你既是我的良师，更是我的益友！

古筝生活里，有沐浴母爱的幸福

不能忘记，为了准时赶到古筝课堂，妈妈暴雨中艰难地踩踏自行车；不能忘记，天气骤降时，下课归来妈妈脱下自己的衣衫为我遮蔽寒气；不能忘记，我略有小成，妈妈为我搜集、整理各类影视插曲的古筝谱，手工制作，汇编成集……

雨天湿滑路面的奔波，深夜整理古筝曲谱时房间里流泻出的灯光，无数的陪伴、鼓励，都在告诉我一种可贵的人生品质，持之以恒就会等到花开的季节，听到花开的声音。

古筝生活里，有缓释病痛的惬意

夜半的钟声，深深浅浅地敲打我的无眠。感冒发烧真难受啊！放眼望去，多年的伙伴——古筝，正含情脉脉地凝望着我。我披衣下床，轻缠义甲，一曲清越的《春到湘江》在我的指尖流淌，那一瞬间，鼻塞通畅了，高烧在减退。中考冲刺前的忙碌、紧张，古筝再次纾解我的情绪，抚平我的焦虑，那《高山流水》的叮咚声缓缓流入心田。哦，古筝！原来你早已成为我生命的一部分！

是啊，每一段人生，都有不同的坐标，每一点坐标，都有自己的故事。我的古筝生活，让我的成长从此精致，让我的学习，点缀着美妙的旋律，让我对生命的领悟，超越音乐和艺术。我爱我的古筝生活！

父爱的重量

父爱如山，庄重而威严；父爱如雾，厚重而广袤；父爱如茶，浓郁而悠长。我在父亲的庇佑下度过了十四个年头，父亲的爱如空气无处不在，也因为唾手可得随处可见而习以为常，然而，父爱的重量就是那样的真实，让我感到安全、幸福、父爱就是那样的伟岸和绵密！

升中学的时候，父母决定送我一件实用的礼物来纪念这个伟大的转折。趁我回奶奶家探亲的日子里，他们把这个重大的决定悄悄兑现了。有一天，我正跟小表哥玩得不亦乐乎，妈妈来电话神神秘秘地告诉我，爸爸给我买了块手表作为新学期礼物，还嘱咐我不要让爸爸知道她已经泄密了。我的心，就这样跟着手表飞回了家。

回到家里，我看见那块让我朝思暮想的手表静静地躺在桌子上，午后温暖的阳光轻轻地亲吻着它，让它反射着金属特有的耀眼光芒，真漂亮啊！十二颗亮晶晶的钻石环绕着表盘，代表十二个整点数字，妈妈告诉我说，这是钨钢表，永远这么晶亮如新，表蒙子是水晶的，不怕划磨。我调皮地亲了亲爸爸妈妈，调侃着说：“这么高档，对我们这样一个平民家庭有点奢侈吧？”

妈妈揉揉我的头发说，上中学是人生里一个重要的里程碑，得送你一个礼物作为纪念。爸爸想了好久，觉得手表很实用。爸爸希望你能借助它合理安排时间。

开学了，手表的事情也告一段落。我来到新的中学，有了新的老师和伙伴，日子一天天滑过，手表也一天天伴随着我。

第一次考试成绩发布了，我在班里排名第一，回到家里，我满以为爸爸会大大地奖励我一番，没想到爸爸看了看成绩单，轻描淡写地说，名次只是一个符号，得多看看自己丢分的那些题目，是什么原因。我心里非常委屈，爸爸怎么一点也不懂得人家的心啊！

晚上睡觉的时候，我像每天睡前一样把手表摘下来放进床头柜，但是一想到这是爸爸买的，我愤愤地把它拿出来送到学习桌上去了。

妈妈在一旁静静地看着我耍小性儿，钻进我的被窝搂着我说，爸爸是希望你不骄不躁地真正长大。你这样不爱惜爸爸给你买的手表，可是你知道爸爸为了给你买这块手表跑了多少路吗？现在的商品花样也多，品牌、款式让人眼花缭乱。我们先是跑遍了沈城的商场看款式、比价位，本来选好了一款，都付完款了，可是你爸爸端详来端详去又退掉了，反复地比画戴在你手上的效果，揣摩你喜欢的样式，这么贵的手表，你爸爸自己还没戴过呢！

我惭愧地往妈妈怀里拱了拱，黑暗中，我仿佛看到父亲微胖的身躯在人群中攒动、在拥挤的款台等候。或许平日里，我只是看到了父亲的挺拔、威严和冷漠，其实，被我忽略掉的，是父亲无时无刻地包围在我身边的爱，他的不苟言笑里包裹着深沉的关怀，他的不屑一顾里隐含着激励的号角。在岁月的磨砺中，父亲因为日复一日的付出腰背不再挺拔，在风霜的染润中，父亲默默地为我挡风遮雨而逐渐苍老，而这些我却从不知道，也从不注意！皱纹就这样偷偷地、顽固地爬上了父亲的脸颊，银丝也调皮地藏在了黑发中间。我终于明白，父亲送给我的手表的重量，是无法用衡器度量的父爱的重量！它载着父亲的关怀和期望，不留痕迹却把我无声地滋养！

残

当一个东西将消失殆尽的时候，你才会注意到你最初拥有它时，它所附加的意义。

——题记

直到有一天，我才发现，你所珍视的某样想保留一生的东西，总有一天会以一种令你十分懊悔的方式变得残缺，以残缺来代替完整的意义。它可能是亲友留给你的某件首饰，可能是出生时祖母为你戴上的银手环，可能是中考前班主任亲手为你系上的代表幸运和祝福的红绳。再比如，十七年来父亲送我的唯一一件用心挑选的惊喜——那块手表。

当一块表不再正常转动，当它失去了它所有的实用价值，它又以什么身份存在于我的记忆里？一种象征，抑或一种怀念。只是隐约觉得它掉在地上伴随着钨钢碎裂的清脆声音，似乎那些所谓的对父亲的不理解、不接受全都一并摔得粉碎。让我感觉到它如同父亲所寄予我的那些期望一样，重，沉稳。

当手表被前桌碰到地上的一刻，我后悔桌子上卷子太多，我讨厌前桌回身来问我化学题，我后悔因为天热而把它摘下。

如果桌子干净，如果我没问题，前桌就不会因为拿着练习册询问就碰掉了手表。当一个人对现状无能为力，当一个人对过去耿耿于怀，他就会不断地想着如果，如果没有……这就是我眼睁睁地看着我的手表毁灭时无力又无奈的状态。

捡起表后，我发现，指针已经摔得因为重力作用而来回转动，前桌小张用他那木然的没有温度的表情，甚为不解地看着我震怒的样子。

“怎么啦？把你的表摔坏了？”

我愤然不语，还用得着问吗？！我懒得理他。顺着那倒转的指针，我仿佛回到了它刚来到我身边的那一天。

那是一个炎热的午后，父亲郑重地把一个精美的盒子递给我，还神秘地诱导我打开盒子。原来是一块亮晶晶的钨钢手表，看上去很贵重的样子。

“这钨钢表链十分耐磨，无论你怎样刮擦它，都不会留下划痕。但它的缺点就是脆，所以千万别摔了。一摔就碎。”父亲得意地向我介绍，一副心满意足的样子。后来，妈妈告诉我，为了祝贺我升入初中，从少年走向青年，父亲精心挑选了这块跟中学生身份不大匹配的“高级”手表。如今算来，都已经有五个年头了。

想必在父亲心中，相比于那质地轻而又不耐磨的白钢，唯有这沉甸甸的历久弥新的钨钢才能真正代表我对他的意义，和他对我的关怀。我一度想忘却，忘掉父亲曾经的付出，忽略父亲为我做的每一件事。想将记忆删除一样，删掉那些我认为不需要的，不想要的。可是，沉淀在记忆里的，从来就不会忘却。也许无意中的一句话，就会唤起曾经删去的所有记忆。这就是潜意识中对爱的深刻理解，这是一种本能的需求。

前桌还在不知所措，而我思想的飞船，就这样穿越了时空和流光，让我随着这逆转的表针，拨向五年来的一幕幕，成长的叛逆，无休止的抗拒，对父亲的教诲的不屑与懵懂的对抗，因为幼稚、固执、自负。而父亲，总是在我一回首就能望到的地方等我，包容而温暖。

前桌还在因为我怔忪的表情而喋喋不休，而我，似乎不知道应该愤恨他还是感激他。愤恨他损坏了我心爱的礼物？感激他摔醒了我沉睡的记忆？我不知道。或许，有些东西坏了就坏了吧，因为它有了新的使命，以残缺来代替完整的意义。

残缺之后的它提醒着父爱对于青春期的我所代表的意义；残缺之后的它，让我落泪，如果我曾为父亲流过泪，那这可能是十七年来唯一的一次。

可能有时候，东西保存得太完整，就会使存在的被遗忘，或是珍视的不再那么重要。当它经历意外后变得残缺时，有着不甘，有着心疼，有着遗憾。它更加贪婪地占据着你心中最重要的位置。存在而不被遗忘，保护，不曾被遗弃。

爸爸的手

爸爸的手肉乎乎的，手掌厚实暖和，手指短而有力。妈妈总是自豪地评价，爸爸的手像佛手，有福相。我却无法认同，怎么这么迷信呢！不过，从小到大，我在这双手以及它主人的呵护下所感知的温暖和关爱，却比妈妈的评价更直接，更有温度。

爸爸的手浸满智慧，无所不能

爸爸是个万能修理铺，我们家的东西，不管是电动的还是机械的，到了爸爸手里全都乖乖地听话。

就拿家里的洗衣机和电冰箱来说吧，据说比我在这个家里资格还老。妈妈常常絮叨说，换了吧。爸爸总是不应声，妈妈也就不敢妄自做主。终于有一天，家里的冰箱受不了常年的负荷，箱体终日发热，没有停电间隔。

妈妈这下可神气了，到了周末赶快追着爸爸去商场看家用电器。爸爸吃完早饭，也没吭声就出了家门，妈妈哼着小曲儿美滋滋地做家务，我能感觉到妈妈的心都在翩翩起舞。

晌午的时候，爸爸回来了，手里拎着一个方便袋，妈妈兴冲冲地问："这是啥啊？"

爸爸不愠不火地说，去大西电子寻摸了两个配件。

妈妈顿时泄气了。

原来，爸爸买了一个冰箱温控器，拆拆换换，冰箱不再不停机一直待电了，我家的冰箱终于能够工作一会儿歇一会儿了。爸爸还顺便把冰箱冷藏室的灯修好了，这让我又开始感受到冰箱门一打开，里面瞬间亮起温暖的灯光的美妙。

爸爸的手握着憨厚，任劳任怨

很多时候，我感觉爸爸的手比他身体的其他部位都重要。爸爸总是在用手做，极少用嘴说，老人们常常说爸爸像个闷嘴儿葫芦。可是，闷嘴儿葫芦爸爸的任劳任怨，却常常能把我感动得流眼泪。比如，我们夏季的校服裤子只有一条，每天晚自习回来，妈妈都在第一时间先给我洗裤子，而在一次洗裤子过程中发生的插曲，就成功地勾出了我的眼泪。

这一天，晚上的十点，妈妈照样给我洗裤子。为了让裤子早上干，她习惯性地挂在了窗外。可是这一天妈妈可能太累了，半夜忘了收进来。早上五点的时候，大雨瓢泼一样从天空倾倒下来，我们每个人都被雨喊醒了，比平时早半个小时。

妈妈快速地来到我的床边，让我不要起床尽量迷糊着再睡一会儿，五点半的时候她会准时喊我。

这时，妈妈突然想到了她洗的裤子。妈妈像兔子一样从我的房间冲到凉台，气急败坏地抓着我的裤子说："完了完了，这可怎么办？”

这时爸爸也醒过来了，他不愠不火地说：“别吵了，让孩子再睡半小时。”

我迷迷糊糊醒来的时候，妈妈像变戏法一样把我可爱的校服裤子放在了枕头旁边。后来，妈妈告诉我，爸爸用吹风筒吹了整整半小时！我们都知道，胳膊是费力杠杆，举一会儿都酸，可是爸爸就那样摇着吹风筒举了半个小时。

偶尔，我跟爸爸顶牛儿的时候，妈妈就会摆出这件事，说我没良心，爸爸那么举着风筒吹，从始至终都没说胳膊酸了。这时爸爸总是站在一边不言语。

爸爸的手映着灵巧，花样百出

都说君子远庖厨，爸爸从不认同。每到周末，爸爸会用他厚实的手切出细致的菜品，烹制出美味，让我家的餐桌花样百出，争奇斗艳的。

比如，爸爸会把土豆切成张口的形状，里面裹进肉馅，放到烤箱里烘焙。银晃晃的锡纸裹着金灿灿的土豆盒子，让我总是风度全无、吃相十足。

夏天来了，爸爸说丝瓜解暑，可是，黏糊糊的丝瓜炒出来滑溜溜的，别提多倒胃了。不过，这可难不倒我睿智的爸爸。爸爸找来雕花的模具，把丝瓜切成小段，每段里面的瓜瓤用模具掏掉，里面放进肉馅，过油后沥干，那充满腥膻的牛羊肉，瞬间就变成了美味，掺着丝瓜的清香，入口爽滑脆嫩，让我欲罢不能。我无数次发誓要减肥了，可是爸爸的菜肴实在太诱人了！

这就是我眼中爸爸的手，常常让我联想到勤劳、担当和责任。爸爸是工程师，在他的手下，不知道修复了多少机器、设备，给单位节省了多少的资金，但是爸爸从不炫耀。在我家，这双手撑起了妈妈生命的天空，让妈妈幸福满足；撑起了我成长的华盖，让我无忧无虑。爸爸用各种窍门修修补补、敲敲打打，为家里节约了花销，让有限的收入变得充裕。但是爸爸从不多言，就像他的手一样沉默，默默地做，不声张不抱怨，给我幸福教我担当。

晾衣架的故事

我家的阳台上，有一架普通得不能再普通的自动升降晾衣架，可是，那衣架上，却挂满了我和妈妈对爸爸无尽的崇拜。每当晾衣架上挂满妈妈的劳动成果冉冉升起的时候，我和妈妈对爸爸的崇拜也跟着冉冉升起。

这事要追溯到当年家里买晾衣架的时候呢！

妈妈一直想在阳台上安装一个好太太晾衣架，过一过好太太的瘾。但是当年装修房子的时候，家里安装的是不能升降的晾衣架，这么多年过去了，也一直没换，妈妈就不乐意了呀！

终于，爸爸在妈妈执着地絮叨下，决定给她换个“好太太”。这东西买回来了，说好了免费安装，可是工人到了家里就开始跟妈妈玩起了心眼。

安装工人拿着膨胀螺栓对妈妈说：“大姐你看，这盒里原装的膨胀螺栓是小尺寸的，把在天棚上吃不上劲儿，得用我的螺栓。”

妈妈说：“啊，行啊，谢谢你啦。”

工人说：“大姐，螺栓得再交60块钱。”

妈妈就傻了，怎么还带这么蒙骗消费者的呢？自带的螺栓不能用还带它干啥啊？可是，东西都买回来了，不能为了这60块钱就不装了呀。

妈妈刚要表态，爸爸站出来了，爸爸说："这几个螺栓，用得着这么多钱吗？"

工人狡黠地说："大哥，不信您打听打听，都这个价。"

爸爸说："8个螺丝要60元？贵了点儿吧？40块钱怎样？"

工人并不妥协，他似乎笃定还没有哪个住户会在这上面跟他叫真。

爸爸也不跟他啰唆，只是定定地问工人："是不是钻孔含在免费安装的服务项目里？"

工人连连点头，说："对的对的。我们收这个钱，就是螺栓的成本费。"

爸爸说："那麻烦你把孔打好。"

工人打好孔，麻利地取出膨胀螺栓让爸爸验看，爸爸还是那样不愠不火地说："螺栓我自己备。"

工人说，那就不属于免费安装了。

爸爸说："好说，我自己安。"

妈妈一下子就不干了，咱又没有专业工具，又不懂那个升降衣架的走线和结构，再说，这上高爬低的，万一闪了腰可使不得。妈妈就强悍地把爸爸推到一边，跟工人说"别听他的，师傅你安吧。"

爸爸笑眯眯地说："不用啦。"

妈妈便不再啰唆。爸爸就是爸爸，平日里妈妈怎么强悍爸爸都不吭声，一副很好欺负的样子，但是每每爸爸表态的时候，妈妈就老老实实地躲到身后去了。

工人悻悻地走了，妈妈又开始发威了：“你看看你，把工人撵走了，还怎么回去追啊？这晾衣架不是白买了吗？人家工人上高爬低的，不就是赚个辛苦钱吗？干吗啊？就让工人走。”

爸爸不紧不慢地说：“正因为他赚的是辛苦钱，我才回他40，你知道那几个螺栓值多少钱？零买才一块线1个，8个螺栓8块钱，他来上门安装，厂家已经支付他劳务费了，包含在我们买的衣架里，我们给的40，他可以额外赚上30多。”

妈妈还是不依不饶：“那人家不是卖缺吗？这活儿，咱也干不了啊。”

爸爸也不跟妈妈理论，换上外衣下了楼。

不一会儿，爸爸回来了，手里拿着几个膨胀螺栓。爸爸眯起眼睛看了看阳台的高度，又打量着凌乱地堆在地上的钢丝线、钢管和衣服挂。妈妈则愁眉苦脸地看着她梦想多年的这些宝贝。

爸爸先是用手在空气上来回比画着钢丝线，然后又拿起零件包里的小滑轮用手滑了一下，滑轮在爸爸的手里立即快速地转动出漂亮的弧线。

妈妈看着爸爸凝神思考的样子，也不敢再吱声了。过了一会儿，爸爸到厨房搬来两个凳子，妈妈就小心翼翼地跟在爸爸身后，一副手足无措的样子。

爸爸一只脚踩着凳子，另一只脚搭在阳台窗户的边沿，看得我和妈妈胆战心惊的，大气儿都不敢喘。我就听着妈妈小声咕哝着，花点钱多好，这危危险险的。

爸爸从阳台挪到那边，一会儿踩上凳子，一会又下到地面，因为没有专业的支架和工具，爸爸只好攀上爬下，时不时地，脚搭在阳台的边沿上。我和妈妈干着急也搭不上手。汗珠顺着爸爸的脸浸到脖子上，妈妈不停地搓着手也不敢唠叨了。

又过了一会儿，爸爸侧过脸来对妈妈说：“看看这个摇把，线摇到这个程度行不行。”天哪，原来，这不仅是力气活，还是技术活呢！

线头的接口处决定晾衣架能升高的最高高度，妈妈真是看傻了眼，也顾不上挑剔，直跟爸爸说：“这个位置恰恰好，恰恰好！”

爸爸还是不紧不慢地说：“你比画好，这安完了就不能再调了，调的话，等于重新安一遍。”妈妈还是忙不迭地说：“恰好，恰好！”

钢丝线给的都有余头，这些小细节，爸爸继续请示妈妈，因为爸爸太了解妈妈了，这要是擅自做了主，日后指不定妈妈得絮叨多少次呢！可是，妈妈完全改变了风格，说留多长都行啊，要不盘起来固定在天棚上也行。

就这样，我家的自动升降晾衣架开始工作了，每次妈妈用的时候，都特别得意，因为，那是爸爸亲手安装的呀！

家风润我心

对于“家风”这一词汇，我知道的比较晚，父母总是默默地用行动关爱我、影响我，极少用教条的大道理来教导我、游说我。随着一天天的成长，我忽然觉得，应该给我家的家风做以评价和定性，冠以“尚学”“求真”似乎颇为贴切。用“尚学”“求真”的家风来总结我的家，激励我家的每一个人。

在我很小的时候，我认为学习是小孩子的事，与大人无关。显而易见，我把学习的范畴归总得太过狭隘。当我一天天长大，拥有观察的能力的时候，我发现父亲总是在写字台前反复揣摩着图纸和数据，津津有味地啃着厚厚的工程书；母亲总是安静地捧着一本文学名著，颇有些穷酸和小资地应和父亲。虽然他们所涉及的专业领域各不相同，但是却常常殊途同归。比如，爸爸有时候提出个专业改造，学自动化仪表专业的妈妈会从自动控制的角度反驳爸爸，提出质疑；再如，妈妈对某一史料了解得有偏差，当她的文章出炉，作为第一读者的爸爸会毫不客气地指正妈妈，他们甚至会争得面红耳赤，最后让“度娘”帮他们裁决。他们在争论中实现目标，“求真”在争执中自然流淌。

每每感受父母的这些点滴交流，我心中就会油然而生敬佩，

“尚学”“求真”让我们家其乐融融、充实美满。我渐渐明白，广义上的学习应该是终生的，只要自己的生命随着时间的流逝慢慢改变，那么我们就不能停止学习。

父母的耳濡目染让我在学习的过程中，不仅重视学校的课程学习，还重视那些升学途中所谓的“不务正业”的学习。妈妈曾经在给我制作手工的古筝曲谱书的时候，在扉页里这样给我赠言：因为热爱，所以追求；因为追求，所以执著；因为执著，所以成功。我从妈妈的话语中感悟到学习的魅力。

我爱古筝，喜欢那淙淙筝音引领的梦幻仙境，所以我苦练指法；我爱摄影，喜欢那光影斑驳诠释的美丽风光，所以我钻研摄影技巧；我爱文字，喜欢字里行间流淌的涓涓暖流，所以我跟随着妈妈阅读、练笔。但我知道，学习的内容远不止于此，我还要学习如何待人处世，如何在纷扰的世界保持积极的心态，我还要学习更多更多……是啊，学无止境才是尚学的家风中最精髓的部分，成为最让我崇信并践行的品格；万事较真是尚学的家风中最朴实的内涵，成为最让我引以为傲并终生学习的品质。

我为拥有这样的家风而深深自豪，她五彩斑斓，蕴含多彩元素；她成熟厚重却不失幽默、轻俏，典雅温婉却又朴实无华；她浸润心灵，让我的成长之路充满阳光和快乐，带我在岁月的长河中缓缓流动，艺海撷英、科海揽胜！

第三辑 缤纷校园

第一次主持升旗仪式

星期五那天，我荣幸地被选为我们学校下周的升旗仪式主持人，我兴奋极了。

下午我和其他被选为升旗手和护旗手的同学一起来到学校的操场上先排练。天气很冷，可是我们心里都热乎乎的，我们规范地按照老师的要求做着动作，大声地喊着主持内容，好像台下真有很多同学在注视着我们一样。

老师告诉我说，本周的升旗主题是“从小爱科学，长大做贡献”。老师说主持的顺序跟以前的升旗仪式都一样，不过寄语和结束语要我自己写，老师还说因为我们年龄还小，也可以回家让家长帮忙写。我听到老师这么说，心里别提多美了，因为我的妈妈是了不起的作家呢，她一定会帮我把这个开篇寄语和结束语写得棒棒的。

妈妈下班接我的时候我就迫不及待地把这个好消息告诉妈妈，妈妈听了也很为我高兴。回家的路上我就开始主持给妈妈听，我大声地喊着：“我宣布，南十二路小学第 20 周升旗仪式现在开——始——。进行大会第一项……”人们都回头看我，妈妈也用鼓励的眼神看我。可是我一点也不害羞，因为我觉得自己正在做一件光荣而神圣的事情。

终于盼到了周一的课间操，我心里别提多高兴了，我的伙伴们也很兴奋，我们来到操场的升旗台上，看着各班同学在我的口令下有序地站到自己班级的位置上。此时，我拿着麦克风的手忽然有点抖，我匆忙地看向台下，一下子就看到了班主任李老师，老师用鼓励的眼神望着我，还给我比了一个“V”型的手势，我知道我一定能成功。

我熟练地背着妈妈帮我准备的开场白：“科学是走向成功的基石；科学是通往财富的大道；科学领航强国富民大计；科学保障国泰民安之路……”

当雄壮的国歌声在我耳畔响起的时候，一种从来没有过的神圣和庄严感在我心底油然而生，我知道，这次升旗仪式会让我永远铭记。

母校，将是离别时

六年的小学生活说长也长，说短也短。一年级时的纯真无邪，二年级时的追逐打闹……转眼间，就到了六年级的离别。看看这个自己生活了六年的校园，马上就要离开她的怀抱了，心中不禁泛起一丝丝涟漪……

校园的升旗台

也是升旗台，让我有了第一次主持仪式的经历。呵，那种滋味，羞答答地站在台上，紧张地说着会序，生怕出错。真是斩不断，理还乱啊！生怕一不小心，说错了词，心咚咚地跳着……

校园的操场

操场虽说不算大，但对于我们来说，也不算小。赛跑时，同学一不小心磕掉了牙，我们一起安慰；游戏时，一方获胜，我们一起雀跃欢呼……操场上，有着我们动作不到位而被批评的酸；操场上，有着我们一起欢声笑语的甜；操场上，有着我们一起在冰天雪地中除雪的苦；操场上，有着我们一起在烈日当空下被体罚的辣……操场载满了我们太多太多的回忆……

校园的教室

每天，我们在教室上课。教室成了我们第二个家。拖布、扫帚，什么东西都一起贡献。在元旦时，我们还精心布置着我们的小窝，让它变得与众不同。对于这个家，我们的记忆里，忽略了它怎样让我们长大，怎样教会我们知识，倒是这些零零碎碎的恶作剧，深深地镌刻在我们的记忆里……

校园中的争吵

老师说过，关上了门，我们大家是一家人，我们是一个大家庭。这话从第一年说到第六年。可是，一家人也有争吵啊。记忆最深的一次是我们之间的“克里米亚战争”。当时，我的话犀利得像针尖一样，几乎无人能敌了。但也是因为他们对我的长时间折磨所致啊！“人的忍耐是有极限的”果真是句至理名言。尽管我们吵得很凶，可是过不久便和好了，可能，我们真的是一家人了吧！

即将到来的离别

可是，随着同学录的到来，我们在一起的时光真的要变成回忆和过去了，我们的心中多多少少有一丝挂念。就算是吵过架，打过架，我们仍是彼此牵挂，不舍分开。我写了一张又一张同学录，每写一张就是“一把辛酸泪”。在一起的六年，一起嬉笑打闹的六年，一起享受快乐的六年……在元来都不再有。

母校啊，将是离别时，我虽不舍，亦无法挽留；老师啊，将是离别时，我虽牵挂，亦无法继续；同学啊，将是离别时，我虽留恋，亦无法再聚。

母校，将是离别时。

101分的爱

To 我心爱的李老师：

可能刚开学时，您从未注意过我。是的，我确实不显眼。上课的时候，即使会，也不吱声。在数学上，也从来不会提前预习一个学期的内容。您为了探探我们的实力，在开学初，就来了一次“摸底”。可能我考得很差吧。那次，我是没好好考。一次的成绩真的代表不了什么，因为您选的那几个课代表真是糊涂极了。而我的成绩远远比那次考试要好得多。

我很快进入学习状态，成绩一直不错。我也没想过，非得每次考试都拿100，我没那个兴趣。也不是没兴趣，可能是实力不够吧。我只有细心时，才能考出100分，可是，我总马虎。我的实力，就差在这。但我没怎么在意。我没有那样的习惯——很尽力很尽力地学，我从骨子里也不是那种性格的人。

一个学期，悄悄溜过。我对您的了解，也日益增多。我习惯了您给我们补课，也依赖着。您身上有这一股神奇的力量，让我一看见您，就特别的爱学数学。我的数学成绩开始在班级中独领风骚。但你对我的兴趣，还是没那么高。做题的时候，你极少看我的。我承认，我有些嫉妒你看的那些同学。为什么，你总是分给他们多一些的爱呢？

一学期过去了。开学之初，妈妈告诉我，一定要力争满分。我不解地问：“妈妈，你也不是这性格啊，怎么了？为什么开始关注我的分数？”妈妈告诉了一个很出乎我意料的答案：“老师说的。”

我疑惑了：“老师？李老师？”

妈妈认真而郑重地点了点头，对我说：“对啊，李老师来电话说的。说你这个孩子聪明有余用功不足。”

我似懂非懂地问妈妈：“可是，老师并不关注我啊！她怎么知道我用功不足呢？”

妈妈戳了我脑门一下，疼爱地说：“傻孩子，你都已经是班级第一了，老师只盯着你，其他宝贝怎么办呢？老师是在带领一个集体前进，不是只带你一个娃。老师得把爱分给更多需要的孩子。”

晚上的时候，我听见爸爸妈妈在卧室里小声交谈。妈妈感慨着跟爸爸说，李老师啊，真是难得。哪有科任老师做家访的？这李老师，一个科任老师，还惦记着找家长反馈孩子在校的情况。

我才明白，您一直关注着我，希望我的成绩达到极致。可能是我优秀一些，您就对我放心一些，少了表面，但内在依然。

看着同学们总是在一道很简单的题上停留半天，我就十分不解。可能是他们没理解？还是您没讲到？第二种，也许不是。因为，我就会啊，不会，就慢慢学呗。但是，令我生气的是，他们不会是因为不听讲！我为您而生气！他们却还沾沾自喜，认为自己什么都会。错了题，也只为自己的错误找借口。但您还是一遍又一遍，耐心地为他们讲。

或许，我真的做不了老师。起码做不了像您这样优秀的老师。我可以孜孜不倦地备课，可以无休无止地讲解，但是我不能忍受孩子们对我劳动成果的践踏，不管是有意还是无意的。但是您能忍受，无论我们多淘气，您都不厌其烦地讲了又讲。哦，亲爱的李老师，我 100 分的成绩永远不能回报您 101 分的爱，那 1 分，我永远也无法企及。

From：一个对爱反应迟钝的孩子

Really Sorry To You

To：我亲爱的 Miss An

Miss An，唯一能跟您说的，只有一句 sorry.

Miss An，可能我之前没那么讨厌您，实际上，我也不知道，是什么时候开始讨厌您的。可能是您说我之后吧。我是不是有些小心眼呢？戴上有色眼镜后，我就更加不能容忍您一点点的错误，一点点的失误。听您讲解，我的心中总是带着怀疑，总是要去别的英语老师那儿证实。老师也是人，人无完人，我其实不应该挑剔。更加上我认为自己有较好的英语功底，上您的课，我便漫不经心，自由散漫。我不知为什么班里的人都讨厌您，是您的教育方式有问题吗？但这更严重影响了我对您的课的重视度。上英语课，我开始写练习册、语文卷子、数学卷子。

现在想想，是从什么时候开始的呢？好像是那一次，您撕了那张出自同学的上面用英语写着骂您的话的卷子，听了班主任王老师的解释——您是在保护他，我对您的态度才有了好转。那件事您还记得吗？淘气的翰在英语卷子上写着用英文写着骂人的脏话交到了讲桌。您愤愤地撕掉了卷子！

是啊，哪个英语老师能容忍自己的学生用英语来骂人呢？

更何况是被骂的人她自己。换作是我，我也会这样的。我心中想着：Miss An，也是爱着我们的呢。但，听了葳说：“她可能当时根本没走脑子，撕完就后悔了呢。”我，又转变了态度，认为您还是那个坏坏的老师。

上学期，自习的时候，您总来给我们补课，我们虽烦，但似乎也成了一种习惯。这学期，在我们频频气您后，您几乎不来给我们补课了。我们倒有些不习惯。但我们依旧要从这件事中挑出您的一点儿毛病。“您看看数学老师，一周来给我们补那么多课。再看看英语老师呢，就补那么几节，自私自利。”其实我们忘了，您来给我们补课是在奉献，而不来，那是理所应当。因为您来给我们补课，那就是在加班，而这期间，您却没有任何酬劳。

您说，要给考过140分的同学奖励。而我们，认为吝啬如葛朗台的您根本不可能实现您的诺言。我们还是那样答，漫不经心，糊弄。但直到今天，当您抱着一大摞本来到教室时，我们才知道，您并没有食言。我不知您真的会买，我根本没数自己到底有几次过了140。您直接给了我六本，并告诉我，错了再去找您。我的心，那颗冰冻已久的心，终于化了。不是因为这几个本，是因为，您真的是一个好老师，一个爱我们的好老师！

Miss An，真诚地对您说：“I'm sorry！”希望您能以一直的宽容，原谅我，原谅我们12班这一群调皮、不懂事的孩子们！

From：一个不懂事的孩子

说说“咱”们八年十二班

八年十二班，是我生命中最珍贵的一个数字。它蕴含了很多的内容，用怎样的笔触，都无法真实地记录和再现。

八年十二是一个经常被“抢”的班级

八年十二班的自习课一直以来都是被抢的目标。最近，果老师接替怀孕待产的李老师出任八年十二班的物理老师，抢课风波掀起高潮，孩子们忍俊不禁，其乐融融。

举例阐述一下：

潇洒酷派的果果

果（面向全班）：第四节课我来。

学委答：第四节课英语老师来。

果：那我第三节课来。

学：数学老师来。

果：额——那我第二节课来。哦，第二节有课哈。那这样，她俩不来你们上去叫我啊。

……

婀娜多姿的霍霍

某日，霍老师（英语）婀娜地来到八年十二班。（注：据孩子们说，霍老师杨柳细腰、窈窕可爱。）这时，果老师已经在讲台上开讲了，霍老师迷茫地仰望八年十二的班牌儿：“这是八年十二么？”虽然霍老师迷茫的样子可爱至极，但是抢课问题速度最关键，抢课，无关性格、无关风度。

霍老师只好摇摇曳曳地落败而归。

……

温淑坚定的阿离

阿离是我刚刚起的外号，为了对应上面的小标题。其实李老师的外号叫“超级颖”。阿离姿态优雅、慢条斯理，但是抢起课来那才叫雷厉风行、势在必得。

班主任宏刚·王刚刚开讲两句，风姿绰约的阿颖就姗姗而至。“咱老师”绅士地耸耸肩，“你讲？”阿颖微微颔首，宏刚·王果断地挥手：“把语文书收起来！”李颖老师毫不客气地登上讲台，“咔咔”开讲。因此，数学课是最有战斗力和感染力的，以满地的粉笔灰为证。——听者（我）很心酸和动容，希望老师以后上课能有专门配发的帽子，免得粉尘落到发间不易清洗。

抢课风波常常会有不同的戏码，但是主旋律只有一个，就是每科老师都想抢到宝贵的自习课。果老师昨天又拜托物理课代表给他“整”一节课出来。武同奶昔，赶快变、变、变吧——

八年十二班是一个快乐的集体

课堂

八年十二班是一个快乐的集体，就连抢课这样火力十足的事情，都被八年十二的学生渲染得津津有味。我们八年十二班的孩子们都管班主任王老师叫“咱老师”。“咱老师”很会收拾学生，上课也非常有特点。有一次，老师上课提问一个问题，“咱”们都鸦雀无声没人回答。后来，“咱”就沉不住气了，主动举手。

事情是这样的：课堂上，王老师讲到古文“既”的用法，一下子想起来几天前曾经在班级讲述过，就先抖了个包袱提问同学们，大家都眨巴着亮晶晶的小眼睛不做声。“咱”沉不住气了，就举手回答。

王老师问，“既”在古汉语里表示什么意思?

答：表示“已经”，说完，“咱”小心翼翼地偷偷瞅了一下王老师。

王老师手臂有力地一挥，用略带夸张的语气赞许到：“对！”然后又启发“咱”，那么，还有一个意思表示什么呢?

“咱”晃了晃可爱的小身子，不确定地望着老师说：“在……之后”吧。

鉴于“咱”的表情，王老师再次夸张并略带失落地表达了对这个答案的肯定：“我讲过的东西，就孙怡冰一个人记住了，你们都干吗去了？！”

后来妈妈剖析说，老师的手势和语气有多重含义，老师希望通过不同的语气，来挑动课堂气氛，让多数的孩子能够在回忆起这个知识点的时候因为这些附加的作料而复苏。老师精心设下的各种辅助记忆的陷阱和笑料，很多时候“咱们”只是一笑而过，保留了笑声，遗落了笑声身后的内容。

回家

“咱老师”为了杜绝“咱”们放学不按时回家，真是计谋百出。有一次，他居然在放学后偷摸跟踪了“咱”们。——北方的冬天，天黑得太早了，“咱”们真不让“咱老师”省心啊。

“咱老师”在王蒙家小区入口堵到了迟迟未上楼的王蒙和陈俐帆，“咱”运气很好，到了分岔的地方就自觉回家了。可是王蒙和陈俐帆似乎还有趣事没讲完，总之堆在王蒙家小区门口叽叽喳喳的。“咱老师”出其不意地就出现在她俩面前。

陈俐帆反应机敏，没等“咱老师”训话，哧溜一下落荒而逃。王蒙吓呆了，不知所措杵在那里。

第二天，“咱”的团伙里的男生听到了王蒙的汇报，把王蒙狠狠埋汰了一顿。薛旺戏谑王蒙说：“王蒙你真笨，你不会跑进小区，咣当——大门一关，然后用手指一勾，说‘来呀，老师你进来’。然后老师暴怒：‘王蒙，你出来！’”

王蒙愤愤地说：“你想让我死啊？”

薛旺自然也是痛快嘴巴而已，然而，他们的快乐是那么的真实。

还有一次，我们一伙人聚堆一起走，老师出其不意地从我们身后冒了出来，当时，王前好意提醒过我们，他假意低头走路，急促地说："快散，老师来了！"这种兵不厌诈的鬼把戏我们玩得多了去了，所以没有一个人相信，结果，我们全军覆没。

八年十二班的午休

我们午休的时间通常是很紧张的。在我们八年十二班，王老师要求我们每天 12：30 就回教室。半个小时的时间，相比短暂的课间，已经是非常奢侈了。

每天中午，我吃完午饭都跟小肉子一起到校园后面的铁栏杆那儿去看一条居民家养的大狗。那狗身子很大，毛乎乎的，有时候伸出长长的舌头喘气。多数时候，它背对着我们，我们怎么喊他也不回头。

我们班的大黄通常是在篮球场打篮球，不晓得男生怎么那

么抗冻，他穿得很少，跑一身汗，长长的刘海经常盖住眼睛，据说，这个造型可以在课堂上偷摸睡觉不被发现。

这一天，我依然和小肉子去铁栏杆那儿看那条狗。我俩怎么喊它，它也不应。这时，由于我俩的专注，看狗的队伍扩大了，都是我们班的才子们。

娄昱冲它喊："喂！你过来，你干吗呢？"那条大狗充耳不闻，没有丝毫反应。

薛旺也得瑟地冲它喊："喂！叫你呢，叫你呢，没听见啊？"

我和小肉子就笑。

笑着笑着长臂猿周正聪发话了："你们这样叫它不行，得用它们的交流方式跟它对话。"说着，周正聪就冲着铁栏杆喊了两声："汪！汪——！"

果然，那条大狗回转身，友好又迷茫地看了看我们。

八年十二班的快乐很多，糗事也很多，从今天开始，我要做一个忠实的记录者，把这些美丽的点点滴滴留存住。

八年十二班最真挚的爱

八年十二班的孩子们都很有爱，在最开始的时候，由于初中与小学的差异，八年十二班也曾经有过那么一两支或者三四支“恋”的小插曲。妈妈说了，异性相吸嘛，很正常的！不过你们现在太小了，还不懂“恋爱”的“爱”。你们认为的“爱”，只是像生理学的近视和假性近视一样，现在，你们那几支插曲，充其量就是“假性近视”！

感动

妈妈真了不起，因为妈妈的话不久就被那些插曲们验证了。但是最了不起的是“咱”老师。“咱”老师不知施了什么魔法，总之，咱班的气氛一点点地变得热闹而融洽，那一支支的小分队，不知道什么时候不见了！

但是，不知道从什么时候起，我们又有了群儿。我们每天都很兴奋，放学以后呼朋引伴，浩浩荡荡。

有一天，正好轮到我值日，我心里悲哀地想，唉，今天肯定形单影只了！可是，当我扫除结束，背着书包走到校门口，呼啦啦围上来一群人，后来我数了一下名字，有十个同学呢！班里三分之一的同学们都在等我。

我当时的心情呀，那真是……唉，什么样感动的词汇都无法表达我的温暖了。正在我激动万分的时候，老师突然出现了。

老师劈头盖脸地训斥了我们一顿，像发飙时的妈妈一样没有风度！

回家以后，我把这个情况义正词严地告诉了我宽宏而智慧的妈妈，我相信，妈妈一定会站在我这一边！

没想到，妈妈却站在了老师一边。她说，我要是老师，比他还没风度呢！老师辛辛苦苦地陪你们到最后一个孩子离校，就是希望你们平平安安的。本来你们出了校门，老师的监护义务就可以终止的，但是老师做到了对家长负责、对孩子负责，所以才管束你们，不许你们一起走。

我亲爱的妈妈哟，为什么让我们一起走就是不负责、不安全了呢？

妈妈说，因为孩子们一起走，首先在马路上形成一道人墙，怎么也没有一两个孩子安全，万一你们说笑太投入了，后面的车过来一眼照顾不到，后果就难测了。接着，妈妈又讲了很多我们聚在一起容易发生的问题。尽管当时我对这些不是很理解，但我知道同学、老师、妈妈都在用他们的方式表达对我的爱，我都记在心里了。

温暖

期中考试，我们班全军覆没了！虽然我仍然是班里的第一名，可是，年组的排名我们损失惨重啊！我非常伤心，尤其伤心的是，我都这么难过了，咱老师却无动于衷，而且直接往我伤口上撒盐！

他夸张地当着全班同学的面声情并茂地朗诵了我的分数三遍。那滋味儿，比正面打击还难过啊，你说，要训，你就放马过来呗，玩这一招，真……真……唉。可是我还是那么喜欢他，说不出不好的话来。

放学以后，我们的群党小心翼翼地躲过老师的封锁线，一起来到老地方。我们都很沮丧，虽说考前一周我发高烧，但是没有影响复习啊，入考场前我也吃退烧药了呀。

周正聪还是没心没肺地喊我：短尾猴！阿拉斯加短尾猴！

我没理他，心情太糟糕了，我不想让伙伴儿们知道。妈妈老早就嘱咐我了，不能把不好的情绪传递给身边的人。虽说我考得不好，别人还不如我呢，要在意别人的情绪。

可是这个讨厌的长臂猿一点不认火候，我都不应了，他还在那儿一个劲地喊，我就趴在陈俐帆的后背偷偷流泪了。

眼泪一开闸就再也止不住了，最开始除了陈俐帆谁也没发现。不过不一会儿群组集体发现了我的异样。娄昱就吼周正聪："都是你，老喊孙怡冰外号，把她喊哭了！"娄昱边说边趴在陈俐帆身后问我，是不是因为周正聪叫你短尾猴？

我抽噎着摇摇头，然后他们又问，是不是因为值日？

后来，他们问，是不是因为老师说你了？

我就抽噎着点头，哭得委委屈屈的——其实我才不想在他们面前哭呢，可是我憋不住了呀！

然后周正聪就不搞怪了，一本正经地等着我哭完。王前还劝我：你看我考这点儿都没哭呢，别哭了啊。娄昱还像大人那样帮我把帽子扣在了脑袋上。

伙伴们相跟着把我送回了家。我很幸福。

快乐

那天的雪真大啊，为此，学校发了通知，通过各种形式，让家长知道提前一小时放学的消息。我们几个就偷偷地躲过老师的视线，来到第二个秘密基地。

我们把书包往楼道里一堆，就开始打雪仗。——这个我是老早得到妈妈的默许的，妈妈一直说，下雪了，应该找个机会玩玩！谁爱跟她玩啊，我们自己玩才有意思呢。她居然还挺不知趣地说，周末带着她，她给我们拍照请我们吃大餐，我们才不带她呢！

我们蹿上蹿下，你追我赶，好不热闹。

总把我们当小孩子看的老师们、爸爸妈妈们，你们可千万不要以为我们不知道爱惜自己呀，我们很注意安全的，下扶梯的时候我们都规规矩矩地互相照应着，才没有在不该玩的时候玩呢！

我们很有分寸，玩了大约四十分钟就各自回家，其实我们就是爱在一起玩玩乐乐，在一起嬉笑疯闹。所以，不要用有色的目光盯着我们。

晚上回到家，我第一件事就是给妈妈打电话。我知道回家晚了妈妈会担心的。我把裤子里藏的雪都抖搂干净了晾好，然后把米饭焖到锅里，就赶快写作业，谁说爱玩的孩子学习差呢？

我一定要用实际行动证明给你们看，会玩的孩子才会学！

果老师印象

果老师很帅很酷，果老师很厉害，果老师很吓人，果老师很逗……

震慑

果老师上课，班主任王老师没在教室后面坐镇，有几个不省事的，就在后面小声说话。虽然窃窃私语，但是直接影响了果老师的情绪。

果老师略作停顿，威严地扫视全班：“怎么地？不想听啦？”

全班鸦雀无声，果老师转身继续授课。

所以，果老师很帅很酷，果老师能够不需要“咱”老师协理就把“咱”震住。

个性

“我告诉你们，以后我就耗在你们班了，你们班的成绩以后就划在我名下了，看谁不好好的！”——这是果老师厉害的一方面。

果老师还有更厉害的，据说，人家果老师“搬家”的时候——就是搬办公室啦，校长都说了，他那个破书箱子有碍观瞻，拒绝搬入。

果老师才不管那一套，一定要随身带来，所以果老师很厉害吧？人家连校长都敢抗衡，所以，咱八年十二班的喽啰们，自然要懂得进退呀！

检查

果老师检查咱的作业，咱小心翼翼地站在那里，大气儿不敢出一口。果老师沉默、沉吟、沉思……刚要把本子还给咱，又抽回去，头部向作业本靠拢，眼睛聚精会神地再次盯住某一行，给咱吓得哆哆嗦嗦的，果老师吓人吧？

讲解

讲到入射角和反射角的问题的时候，果老师说，我们只能说反射角等于入射角，不能说入射角等于反射角，这就好比说，你长得像爸爸，但是不能说，爸爸长得像你吧？

全班大笑，——果老师逗吧？

还有更逗的呢。果老师说，气体都具有快速扩散的特性。我说句不雅的话哈，比如说有人放了个屁，那么，不一会儿，整个房间都会有不好的味道……

“咱”们爆笑……

品味

有一次，果老师穿了一件超级卡哇伊的 T 恤，惹得我们老低头偷摸笑。这让我们感觉果老师的打扮跟他的形象非常不符。

果老师超级严肃，说穿那样超萌超卡的衣服，搞笑得没边儿了啊！

我们还没笑多一会儿，果果就本性再现啦。因为约翰和张浩淘气。果果说，这样，你俩把桌子前移半尺。他俩可怜巴巴地抬头望望果果，没有行动。果果也不再坚持，我们虚惊一场。

风格

果老师讲课的时候喜欢不经意地敲黑板，我想，果老师敲的，应该是难点、重点、易忘点吧。果老师敲黑板的时候，样子尤其酷。他用食指和中指的第一个关节有节奏地叩打黑板，和蔼（据说果老师和蔼的时候很少）地问：大家能看清不？通常，我写在黑板上的字会有人看不清。

晕，看不清为什么不写清楚点呢？肯定是故意换个角度让“咱”们注意——当老师真不易啊。

果老师走路的姿势很潇洒，一手托书，悠闲地踱着步子，笃定地迈上讲台，然后胳膊微微一用力，书就被安全地送到讲台上，那架势，老帅啦！

果老师……

短短半个月，果老师被“咱”总结了这么多条。妈妈说，你们是不是很喜欢果果啊？我立即瞪圆眼睛说，是啊。

注：果兴华老师 2012 年 12 月 10 日出任八年十二班的物理老师，截止到今天，正好两周。

疯闹的初二岁月

一直就这么以为着：初三很远。可现在，是初一很远了。

还记得我们这一群不认识的人，第一次聚在一起。一个个听不清楚的自我介绍，我很努力地想去记住一个人，可是怎么也听不清。一点点的，“邻居”之间变得熟了，可是“住得远”的，过了好久才了解。

一年，我找到了心中初中的感觉——一群人走在马路上，有男有女，互相开玩笑，然后放声地大笑，根本不去在乎是否有人用异样的眼光看着我们。因为我们都清楚，我们很正常。渐渐地，我们有了秘密基地；渐渐地，我们之间一个手势就什么都明白；渐渐地，我们对彼此的关心越来越多；渐渐地，老师对我们的警惕性也越来越高了。

我们班的老规矩是以组为单位扫除。以前，我们几个人都是晚上放学一起互相帮着扫的，可是，冬天了，老师不让。他们悻悻地去站排正常放学去了。我以为他们走了，可是一出校门，他们一齐大声喊着我的名字！那一瞬，真的好感动。我们一群人呼呼啦啦地走，却不知危险就在背后。前几秒还在说：“我们就等怎么地，就得让老师看看，我们这才叫团结！”可后一秒，老师走过来就“骂”我们：“怎么地？啊？！放学了都不着急回家是不是？！等着我给你们家长打电话！”我们愣了，还没反应过来，老师已经走了。

到了秘密基地，我们开始追究责任，展开了激烈的讨论。薛旺说：“是不是我们在校门口太吵了，门卫告诉老师了？”几个人附和着说可能。“说！刚才谁戴校签了？搜！”经搜查，发现是周正聪。我们说：“塞他！揍他！”他说：“慢着！他是什么眼睛啊！这么黑的天，谁能看见我校签上写的是几年几班啊！”我们想也是啊。又笑起了自己太傻。

这就是我们，一群情感冲破理智的人。

我们的关系越来越铁，老师不得不提防着点我们了。老师放学绕道跟踪我们，秘密基地一度危险。有一次，周正聪扫完除后，老师又尾随其后，看看能否有收获。聪明的周正聪，没有上当，避开了我们的老地方，使我们顺利“躲过一劫”。我们知道了秘密基地不安全，就又建了一个二部。以后我们说老地方见，就有些迷茫了。我们好像不只有一个老地方！

这就是我们，一群时刻高度警惕的人。

月考过后，班级都没考好。可是我们一直打算周末一起出来玩的计划还没有实施。管他呢！什么考试不考试的！玩！我们去兴隆大天地滑冰。我不会滑，王蒙就拉着我，一点点地我就会了！在学的过程中，我是没摔过跤的，我们摔跤是因为一个很好笑的原因。我们看见了一个小女孩戴着很可爱的手套，就联想到了王蒙的手套，接着，就说到了冬天戴手套不方便，玩手机什么的特费劲，由此呢，就又联想到了付沈光的一个手指就能按六个键的超级迷你小手机。就在我们信马由缰地胡乱联系、乐得开心无比的时候，“啪”地就摔了。我们就这样无忧无虑地挥舞着懵懂的青春！这就是我们，一群没心没肺没脑子的人。

还有还有……好多好多！点滴的快乐，无邪的笑声，奏响我们青春的乐章，充实了我们平静的生活。这些最淳朴的幸福，我将一辈子记在心里。它们不怕时间的冲刷，因为我知道，它们比时间还要牢固。

杂味的季节

美丽的校园，成就了各种各样的季节，无关时令，无关天气。在这美丽的初二，我给它命名为杂味的季节。

杂味之——美好

这时的我们，没有初一时的懵懵懂懂，略带羞涩。我们彼此之间更加了解，更加熟悉。这时的我们，开始大肆迷恋友情，朋友成了我们最重要的东西。这时的我们，开始褪去了稚气，慢慢向成熟过渡。这时的我们，懂得了更多，经历了更多，自然，流泪更多，受伤更多。

我们留下了太多不可复制的回忆。上课无聊了，同桌之间开个小玩笑；想要睡会儿觉，还要提心吊胆。当你趴在桌子上无论是由于身体不舒服，还是因为瞌睡虫来了，有人拍你，本想说："干什么啊？"不耐烦地回头，却发现是老师。那不知该怎么形容的表情爬上了我们的脸蛋。这样的小尴尬，你们有过么？不管你们有没有，反正我是有！

杂味之——残酷

初二，总觉得时间过得比初一快。上一次考试还没结束多久，下一次考试又来了。我们不停地在一堆又一堆的卷子里挣扎。语数外物史地生政，考前真是够我们忙的！初二的日子，早已没了初一时的轻松，我们不可能再一点压力都没有。我们面对着初三的“人生大关”，我们面对着不得不度过的“黑色六月”。考试后，我们为分数和名次发愁。总希望分数再多一点，名次再靠前一点。不过，能达成目的的，不是那没用的泪水，而是和它成分相近的汗水。

初二是个杂味的季节，酸甜苦辣共同交织着。但是我深深知道，我喜欢这个味道，并且会永远怀念它。

这时的我们，用手中的画笔，勾勒着，属于我们自己人生的线条；填充着，属于我们自己征程的色彩。有迷茫，会丢了方向；有认定，会不顾一切；有欣喜，会手舞足蹈；有悲伤，会独自哭泣。如果时间在这里定格，我会告诉它：我愿意！不过就像那篇综合阅读，时间不是DVD，我们不能暂停，倒带，我们只能任它悄悄地，以自己的速度慢慢流逝。

致我们终将逝去的日子

周一10：30，全班同学照例走出教室，每人手里一双鞋套，书却不齐全。老班出来说："今天几号？是不该停课了？班长，问问去。"班长奔向五楼的音乐教室。是的，我们上音乐课时就是这样，不听，玩闹，老师只得"自娱自乐"——自己在那里讲，没人应声。等待期间，老班有点落寞地对我们说："如果今天没停课，那今天就是你中学生涯最后一次音乐课了。初三没有音乐课，高中也没有。"平时不想上音乐课的我们，今天的等待中却有着些许的期盼和不舍。班长回来了，看她走路的姿势，我就知道，这课，没戏。我们走回了教室，僵化的空气中那一丝丝的落寞和惆怅，来自于我们。

每次音乐课，我们坐在只有凳子而没有椅子的教室，很不舒服——睡觉没有地方趴着。老师每次让我们唱歌的时候，下面几乎是没有声音的。老师前几次还生气，让我们重唱，后来干脆就说很好，接下来呢……记得有一次，我们依旧说话，其中一个人被点名，老师就让他站着唱歌，结果当时我们班就有好多男生站起来，老师当然是很生气，就问："怎么地，还有谁？啊？"没想到，真的还有人接着继续站起来。被点名那个，是

我的好朋友，我也想站起来，但是理性偶然地战胜了冲动。因为这种行为，真的对老师很不尊重。当时我还有一点点不甘心，不甘心当时没站起来；但现在，我满心的只有愧疚。

我不知道如果这次音乐课上了会是怎样。是否全班同学会认真地听一次课，唱一次歌，珍惜这最后的音乐课，还是依旧同往常一样，不听讲，和老师对着干，疯疯癫癫的胡闹？我不知道，但我会选择前者。

又想起了初一下学期老班（班主任老师）说的那句话：初三我们班的日记、小楷就停了，没时间写。日记、小楷是我们班独特的一道风景线。或许我们班真的有些不同。不同在于老班的教育方式，老班的教育内容。日记，有时会成为我们最苦恼的一项作业。有时一天很平静，不知道记什么，有时发生了好玩的事，又不敢记在日记里，让老班做读者。但每一个假期的伊始，我都很不适应——因为没了日记。老师不留，天天记它干吗？刚开始我是认为这种行为很傻，才不写的。后来，我明白，我不再记日记不是因为它傻，而是因为没了老班来读，没了老班的评语。

老班真的很认真，每天批全班30多人的日记。日记不再单单记日，更成为我们和老班交流的工具。这种间接式的聊天更容易被我们接受。面对面的师生之间的聊天免不了尴尬，而写在日记里就痛快多了。

记得有一次班里选卫生委员，民主投票选举。后来小肉子当选，可是票数只比第二名领先一票。老班就说："票数不过半，得重选。"小肉子是我朋友，而且她是一个比较内向的人，能有勇气报名，对于她来说就是一个很大的突破。我觉得老班就是顾虑她的性格干起工作来，会有很多反对的声音，才会下令重选的。但我认为，这样更伤害了小肉子的心灵。所以，因为这事，我还在日记里批评了老班呢。结果老班竟然接受了我的批评，并向我道歉，后来我们全班又想出了一个更好的解决办法。日记真的是我们情感宣泄的地方。

这样一路走来，想到要告别它，真的是不舍。小学六年，初中三年，将来高中的三年，这是唯一的，不可复制的。这样的日子太有限了，我们在拥有的时候没有珍惜，快失去了，才追悔莫及。

致我们终将逝去的初中生活。

不忍分别

那天，恰巧要从后门进教室，不知为何忽然停顿了一下，心中冒出伤感的情愫。

那天，下午的阳光斜射进教室，罩着一层金色的温和。屋里还同往日忙碌，老师倚在椅子上翻弄手机，时不时地抬头看着教室里的同学；同学或埋头做题，或聚堆聊天，或开开玩笑。教室的气氛还同往日轻松。可我的心情不知为何的沉重。

眼前的情景如同旧日的老电影，被P过的旧照片。思绪放空，是无声的老电影，寂寞的旧照片。心里不知为何地想去抓住这些瞬间，可我明明还没失去。

想起了第一次见这群人，陌生，自我保护得不想接近。可从没想过，自己将来可能会舍不得离不开他们，或着离开他们时，心中需要承受如此巨大的痛苦。

不知何时，我们渐渐地熟悉，我们习惯了依靠对方。我不知道该举些什么样的例子来证明这个命题。因为它在时时刻刻地发生，分分秒秒地继续。或许是心情不好时，无条件奉陪的肩膀；或许是伤心到掉泪时，随叫随到的纸巾；或许是作业未完时，从四面八方搜来的答案；或许是被提问到软肋时，暗暗低语的提示。帮助对方，成为我们血液里的东西，我们无法割舍。

我们在一起生活的每一天都像是一场喜剧。因为老师的幽默，教室里经常一片欢笑；因为同学的出糗，教室里经常一片欢笑；因为不知是否恰当的比喻，教室里经常一片欢笑。在这些欢笑中，我们渐渐地长大，渐渐地成熟，当然也渐渐地走向分离。

我不想让“我恨你，那我也爱你”这样的谈话定格；我害怕“么么”这个刚走进我的世界里的词汇溜走；我还想继续被叫“吃货”和“冰姐”；我还想和说我鞋带是香芋味的傻子多待几天；我还不想让我上学放学的路上一片孤寂；我还不想过早地离开我伟大的灵魂导师。

我不知为何有这么多的不知为何，我不知为何这般多愁善感，我不知为何过早地写下了这些东西。

是啊，还没到黑色六月，还没到百日誓师，还没临近中考，不知为何，一想分别，已泪眼模糊。

再见，我的初中！

转眼又是夏天，转眼又到分别，下一个夏天，教室里又将坐满了人，却已不再是我们。

——题记

回想初中三年，心头百感交集，心中万语千言却不知从何处落笔！初一的陌生与疏离，初二的嬉笑和相惜，初三的冲刺与狂奔，就这样把我们推向了人生的下一个跑道！

初一的我们，彼此疏离充满好奇

记得刚踏进初中的校园，还来不及褪去小学生的稚嫩的我们，装作成熟老道的样子，冷冷地环视周遭的世界。初次的相识，难以开启的心门，还有对新环境的好奇与恐慌，掺杂着各色无法融合的元素暗示着自己怎样去冷淡和装酷。殊不知，这些小小的举动正在默默地告诉老师我们心中的不安和尚需暖和的温度。

我们拥有太多却忘记了珍惜；我们正在长大，忘记了收集成长的痕迹。

初二的我们，惺惺相惜不知忧愁

当我们逐渐热络，QQ成了每晚的好伙伴，我们开始使用网络工具一起学习和讨论，我们开始有自己的小圈子并互相关心和帮助。

记得有一次我们班值周，外班的女生不服管束破坏我们的工作。她们用校签扎破水瓶向我们身上喷水，班长跑到他们教室，几个女生叫出来向我们道歉。那种懵懂的哥们儿义气，是那样的温暖和得意！

我们却不知道，我们正在渐渐失去单纯的能力，我们会渐渐彼此走远。

初三的我们，忙碌奔跑伤感别离

我们就这样不知不觉地被中考的浪潮推向了初三的浅滩。我们不再有聚堆嬉笑的空闲，不再有暇顾及班赛的名次。多愁善感的班主任时常会在我们课前问候的时候感慨“再这样听你们问好的时日不多了”，他“无法阻挡我们向更高更远飞翔”。

每每听到“老班”的感慨，我们这些十四五岁的少年便会顿生沧桑之感！中考！分别！未知的结果，无奈的分别！而我们还必须忽略这些，玩命地学习，去奔向“老班”期待和祝福的“更高更远”！

尚未分别，早已泪眼常湿！我的初中，不谙世事的少年时光，无忧无虑的校园嬉戏，剪一段时光清浅，掬一捧光阴淡然，写一笔莲池流年，再见，我的初中！

世界很美，你们很暖

篮球划过一道完美的弧线，穿过午后那刺眼的阳光，然后咻的一声穿过网窝，和他们脸上的汗珠一起落地。那一刻，我才知道，有一种荣耀叫做八班，有一种信念叫做必胜。

乍暖还寒的初春，学校里的篮球联赛拉开了帷幕。从我知道这个消息起，我就没抱会赢的可能。因为我从没看过班里男生打球，从不知道他们的球技有多好——还有身高，真的是没什么优势。

但比赛那天我还是去看了。小组赛，我们班对十班，毕竟要去加油打气嘛。刚开始的比分是 18 比 6，我们班绝对占优势，说真的，我很惊讶。主力登翔每一个进球的动作都很帅，击破重重防守，三步上篮，连进三球，真的是帅惨了。

可能是从这时候起，我就有一种预感，十班会反超。果真是这样，我方频频犯规，登翔的命中率也开始下降，而十班换了一个中锋，比分快速逼近，现场气氛很是紧张。十班同学的每一次叫好声在我听来竟是那样的刺耳，十班同学的每一次鼓掌，对于我们班都是莫大的威胁。十班反超，比分到 29 比 31，我有点泄气，我不想再看下去，因为我现在根本没有勇气去面

WESTBROOK
0

对失败。最后五分钟，我们班所有女生都在大喊加油。登翔最后一球，在空中的停留时间对我来说就像是一个慢动作，最后完美进篮！全场沸腾了。我们班终于追回比分，打成33平。

比赛进入加时阶段。十班先进球，我班还是落后，每个人脸上写的都是不甘，每一滴汗里都是愤怒，当然，他们心中还有思考。十班犯规，登翔又是一个三分，37比35！我们班赢了！

我们每一个人都很开心，围着登翔欢呼。

这时，我才知道，原来篮球进篮的声音是那样美妙；我才知道，我原来这样渴望着他们的胜利，就如同渴望自己的胜利；我才知道，原来我早就融入了这一个集体，不曾离去。刚上高中，因为想念，我忘不掉过去；因为怀旧，我看不见未来。我从不知道这个集体的温暖；我从不觉得我和八这个数字原来也会连接得这样紧密。我以为只有初中那帮人会对我那样好，可事实证明，整组被老师罚站一中午，他们知道我发烧会护着我让我坐下；我中午回来晚，他们因为怕我饿而提前给我打好饭。我因为害怕受伤，躲在一个人的执拗里，可是其实世界很美，他们很暖。

我因为走不出过去，而错过了当下的美好，但没关系，因为生活还在继续。

小组赛，我们是八强之一，半决赛，我们绝对不离不弃。

有一种荣耀，叫做八班，有一种信念，叫做必胜。

我们分班了

高一下学期，我们文理分班了！

似乎还没完全熟悉，就开始告别一些人、重新一段旅程。虽然是很早就知道的流程，却还是让我们如此猝不及防。我们还正懵懂，我们还不曾完全熟悉，可是，我们就这样分离。

以前看到兄弟学校的人因为分班而发的各种抒情怀旧的说说，我只觉得矫情。我偏执地认为，就算现在不分开，两年半以后还是要面对离别。有些相聚，注定了是为了分离，那么，又有什么好伤感的呢？可是当一切就这样明知预期却毫无准备地发生，我才知道什么叫做不知所措，我才发觉我也是这么的矫情与煽情。

文理分班，我们班走了五个准文科生，哦，不对，此时此刻，他们已经是文科生了！

我们的“大妈”王文彤，团支部书记，地道的管家婆。曾经我是那么讨厌被她约束，可是，她是那么的干练老道风风火火，任何人的不屑和无视都不影响她的热情。在班里，我们没人喊她的名字，都喊她“大妈”。才认识了不到半年，可是，我已经记不起“大妈”的由来。我的读书征文，是她拿着去广播室播的，因为那天我说要去摄影部参加活动，那时候，我们还是这个校园里新入学的小豆包。她用清丽的嗓音念着“高一八班孙怡冰播报”，我们在操场上都愣住了，因为，孙怡冰在操场跟大家在一起呀！

“大妈”还有其他四位同学，跟我都没有太多的交集。我只依稀记得高婧是我的小伙伴，军训的时候，我们俩都住在上铺，半夜里我们俩一起偷吃她从家带的火腿肠，我们一起读我带的《狼图腾》，很默契地相处，却因为开学分组不在一起，逐渐疏远了。可是，为什么，她背着书包离开的时候，我的心会痛？

三点半正式分班，文科生即将拿着打包好的东西离开，看着走廊里熙熙攘攘的人，互相送别的师生，看着他们几个终于被这些喧闹的人群挡住，离开我的视线，我的心突然觉得像是丢了什么东西，伸手去抓，却只剩空气。我终于认清，我已经

永远失去了和这些人再次坐在一个教室里的机会。多想再说“大家好，我叫 ×××”。回到最初的起点，我一定不会就这样放任时光溜走，却什么也没有留下。当冬雪又一次回到八班门口，捂着脸望着教室里面哭的时候，我终于忍不住了。我走出教室，把她抱在怀里，即使我们说的话还不到十句，但我知道，We Are One，无可改变。因为泪流而泪流，我就这样被泪水冲破底线。

我们每个人似乎都有一个外号，分别的时候，我们都口齿不清，不知道喊的是这个人的官名还是绰号，安琪和锤锤相拥着流泪，她俩不是都留在了八班吗？理科生抱在一起哭好意思么？天骄的“遗书”有那么动情吗？“猥琐”你瞎感动个什么劲儿呢？泪点有那么低吗？“眼儿爷”你没事折什么纸啊？蹦蹦我还要用它写诗呢！

我们就这样分班了，课间他们会踟蹰在教室的门口，我们依然觉得很亲。“大妈”还会在晚自习前过来帮我们摆桌椅，要买班服了，“大妈”张罗得比我们留守的人还起劲。我们虽然还会在一个操场相遇，可是，这不是我们想要的结局。

捆绑？捆绑！

高考、高考！这个疯狂的字眼，把每个人都锤炼得不正常。父母、老师、同学，都变成了高考的符号。而最让我们无法自拔的，是铺天盖地的作业。为了对付这些作业，我们想了各种各样的办法。

作业共享是最便捷的方法，因为不需要对参考答案进行修改，想一想吧，我们不能把百分之百正确的作业交给老师呀！而共享，可以不用费脑筋就“借鉴”出带错误的作业来！

这天，大国又“参考”我的作业了！可是，一招不慎满盘皆输啊！大国居然把我的一个错的离谱的题目原封不动搬上了自己的作业，我们的女神老冉就这样发现了破绽！

冉老师不从问题点找问题，却上我这个输出点来修理源头了！她火冒三丈地抓起我的卷纸，不由分说地撕了个粉碎！不知道为什么，我却没有丝毫的羞耻心和惭愧心，全班同学都在窃笑，我只好假意用忏悔的表情在老冉面前晃了两下，又沉痛万分地低下头。

我以为老冉会就此罢手，没想到她把我叫到教室外面，声色俱厉地教育了我一通。她笃定地认为，是大国在借鉴我的，

而不是我在借鉴大国的。

她声情并茂地说："我就不明白了，为什么大家都爱找你借作业？"语气里透露出无限的悲伤和无奈。

是呀，我也不明白呢，为什么？为什么？！

熬完了老冉的训诫，大半节课已经过去了，我进教室的时候，全班都用同情的目光送我回座。

语文课的时候，范老师提问大国问题，大国没答上来，范老师温柔地扫视了一下全班，美哒哒地说："来，孙怡冰，你答一下。"

全班哄笑，范老师莫名其妙地用她无辜的大眼睛来回看着我们，结果大家笑得更厉害了。笑良讪讪地说："天哪！这还带捆绑的啊？孙怡冰和大国这下可毁了！"

恼人的高考，美丽的教室！我们就连玩笑，都是串着知识点的。捆绑，是最近我们学习的排列组合中的一个知识点，活学活用在这里，可爱的数学刘老师知道了该多欣慰啊！

其实，我们的捆绑，岂止是这些！同学间的捆绑、师生间的捆绑、家校间的捆绑，心心念念只为一件事呀！

第四辑

懵懂思考

微笑，原来如此简单

我一直认为，微笑，只是一种表情，是我们宣泄情感的工具。直到前几天，我才知道，微笑的力量到底有多大。

前两天和妈妈一起去超市，正值高峰期，超市的人多得不得了。我们要买一些吃的东西，所以就直奔三楼去了。在超市里上下楼，人们普遍选择的方式就是电梯。就是因为人们都这么想，所以，在这儿，总会出现拥堵状况。更是有些人，因一点不顺心，就和别人吵得不可开交。对于这种情况，我自然是鄙夷的。因为我不解，为什么人们总是要计较那一点儿得失，更何况这也不存在得或失啊。

这次上电梯时，人又是多得不得了。我推着一个购物车，自然是抢不过那些身体强壮有力的人们了。他们明明是后来的，倒后来居上了。让一个两个并没什么，但这怎么“源源不断”啊。我的心中，稍稍有一点不耐烦。这是又走过来了一个阿姨，我心想，又是抢的吧。我忍，行了吧。没想到，阿姨冲我微微一笑，竟让我先过。我先是微微一愣，后也对这个阿姨一笑。

我突然明白了，微笑，竟是这么简单！

交款时，人又是异常的多。我排了半天队，好不容易要轮到我了。可这时，又偏偏跑来了一个小妹妹。抢在了我的前面！哦，今天的烦心事，怎么这么多呢？哎，她毕竟是个小孩，让吧！于是我冲她淡淡一笑，但这笑微微有些不情愿。没想到，她冲我稍有点不好意思的甜甜地一笑，说："姐姐，你先交吧！""我不着急，你先吧！"我又是一愣，刚才，我是把我刚刚收到的微笑传递出去了吗？

我突然明白了，传递微笑，竟也是这么简单！

让我们一起努力，让微笑成为生活中的一种常在的符号！

推开心中的那扇窗

在下大雨的夏季，我喜欢关上窗子，因为我害怕，也讨厌窗外的雨滴打在我的身上。雨停了，我还是不敢打开，因为我怕迎接我的又是狂风骤雨。

——题记

推开窗，冰雪消融

周日，我和晴约好一起出去玩。那天，我按约定时间到了约定地点。风很冷，吹过我的面颊；雪很凉，落在我的肩上。我就这样一直等着，等着，等到我火热的心被天气所冻结，被她的爽约所冻结，

第二周，晴的妈妈打电话约我，我虽不情愿，却又不好拒绝，只得答应。还没到约定地点，我远远地望见晴在那站着，冲我招手，脸上盈满了笑容。我也冲着她笑。推开我心中之窗的那一刻，冰雪消融。

推开窗，满眼绿色

早上起床，或许是因为快迟到的缘故，心情很糟。于是我用不太好的语气催促着妈妈，妈妈没说什么，但我知道，她肯定会不开心。我们两人一阵忙绿后，我冲出了家门。或许一日之计真的在于晨，我一天的心情的确实是受了些影响。走进客厅，我向厨房看去，妈妈正在做菜。看见那背影，我想起了早晨妈妈那忙碌的身影，心微微疼了一下。这时，妈妈端着菜从厨房走出来，说：“回来了？快吃饭吧。”桌子上摆着的菜，夹杂着星星点点的绿色。推开我心灵之窗的那一刻，满眼绿色。

推开窗，高山流水

朱常常来我家玩，我也常常去他家。所以我们俩都把对方家当成自己家一样。有一次，我俩在我家玩，我弹琴给他听。后来，我们俩去吃了些东西。吃过后，我在卫生间里洗手，突然想起了什么。我冲进卧室，但还没等我喊出“别碰”，我的18弦上已经有了一大块油点。他也意识到了什么，连忙向我道歉，我转身出去，他跟着过来。客厅，一片死寂。最后，我首先打破沉默：“没事了，走，我接着给你弹琴吧。”笑容立即替代了我们脸上的乌云。筝前，高山流水之音倾泻而出。推开我心中之窗的那一刻，高山流水。

朋友，不要因为下雨，就害怕雨滴沾湿你的发。勇敢地推开窗吧！或许你会发现，雨早已停下，迎接你的是晴空万里。

推开心中的那扇窗，你会发现春暖花开，阳光洒满窗台。

攀上心中的顶峰

等待或许是一种煎熬，或许是一种守候，但在我看来却变成了一种期盼。因为奶奶终于要带我去闾山了。我怀揣这激动与期待的心情等待着这一天的到来。终于，这一天到了。

这天，我起了个大早，满心欢喜地迎接着这充满活力的一天。我一路走着，一路看着，也一路震撼着。看着天然的石路，我震撼大自然的心灵手巧；看着机灵的松鼠跑过，我震撼顽强生命的生生不息；看着从源头流下的潺潺清水，我震撼世界的温婉多情；看着从泉眼倾泻而下的大石棚，我更震撼石棚甘为铺垫的奉献牺牲蕴含的无穷哲理！自然的美真的有震慑人心的魅力！天然的泉水倾泻而下，壮丽而豪迈，但我的终点是望海寺，更高的目标是古长城。所以，对这些景色的留恋和赞美，并不能影响我登顶的愿望。

走了很远的路，我们打算在六角亭稍事休整再继续前进。

行程继续，我发现，这闾山的路几乎都是天然的石头铺成的，只有一小部分是人造的台阶，而且有些石头距离和高度都落差很大。我只好扶着上一块石头，小心翼翼地爬上去。就在这时，意外发生了！就在我的手压在石头上的时候，有一种钻心的疼痛骤然在我手中蔓延。我想，可能是因为石头有些部位比较尖，扎到了我的手，一会应该就不疼了。没想到，疼痛不但没有减少，反而愈来愈烈。这时一位好心的阿姨给我抹了一点药膏，说这种药膏是消炎的，一会应该会好的。可是，过了许久，情况还是没有好转。我对于爬山，也没有那么高涨的兴致了，想放弃。但是三年级写的作文——《坚持就能成功》突然浮现在我眼前，我决定不再放弃，更下定了攀上顶峰的决心。

不抛弃、不放弃，目标就会实现！我绝不抛弃我的目标，更不放弃我的决心。这样边想边赶路，浑身似乎又有了动力。路也越来越难走，好多石头上有水，路面变得湿滑起来，我们小心地走着，经过一段很难走的石子路终于到达了望海寺。虽然手上的疼痛依旧不减，但是，我的心中没有苦涩，只有是胜利的喜悦。

站在顶峰，向下俯瞰，蜿蜒蜿蜒的石路，撒过我多少的汗水与辛酸，锤炼了我多少攀登的勇气！都说冒险与挑战是男生的事，其实不然。所有人都会有向往冒险带来的刺激与征服后的快感，只不过很多女孩子在过多地被保护后，夸张了女生的娇气与胆小，其实，女孩子心底也蕴含着勇敢和力量！

每个人心中无法逾越的，并不是大自然的山峰，而是心中难以跨越的顶峰。超越自我，移除心障，所有的愿望都可以实现。

战胜无形宿敌

世界上比自己强的人，有太多太多。难道我们的胜利与失败，都因为他们而评定吗？我们真正该超越的，到底是前方的“敌人”，还是心中的“战场”？

小时候，看着身边的伙伴们都开始了乐器的学习，我便也吵着要学。于是，妈妈便让我开始了古筝的学习。古筝是一种弹拨乐器，十根手指中有八根都需佩戴义甲，而其他两根手指，便是配合有些曲目中的肉音而无须佩戴。所以，这两根手指，常常都被磨破或者是起泡。

在弹《草原英雄小姐妹》的时候，因为曲子大，在演奏过程中还要调调式，手指练得都磨破了，但我依旧没有终止，因为，这是我参赛的曲目。这是我第一次参加比赛，10岁。忐忑了好久，比赛的日子如期来临。

那个四月，桃花盛开，我穿过粉红的桃林，走进赛场，登上舞台。一曲终了，我鞠躬向评委致敬，心中是满满的自信和期待。等待的过程是无聊的，是不安的。终于，主持人用她甜美的嗓音宣布着比赛结果。当我听到我的成绩时，却感到那声音是那样的刺耳。因为，我只拿了个铜奖。我不甘心，不甘心会是这样的结果。“琴筝之约·国际邀请赛”，下届，我还要来！

11 岁，一年的时间，我又回来了！上次不理想的成绩，无数次的勤学苦练和翘首盼望，各种复杂的情感交织在心头，纵使千言万语，也无从诉说。走上舞台，我自信地笑着，这一次，我知道，我的自信源自哪里。我不相信，一年的努力和长期的坚持，结果还是那样！每一个音符，每一个音准，每一个按压，我都用我最细腻的情感去演绎、去诠释。我用我最佳的表现，去征服每一个评委的心。又是等待，我虔诚地等待，平静地等待。几周后，金奖的证书和奖牌寄到我的家里。“不经一番彻骨寒，怎得梅花扑鼻香？”我似乎在刹那间懂得了梅花的心情，仿佛我也是那墙角的一株寒梅。

或许，我就是这样一株寒梅，在风雪过后，妖娆地开放，那种精彩，唯有我知。是的，人有时候需攻下的只是心中的垒堡，需跨越的也只是心中的防线。战胜无形宿敌，我能行！

信任，在路上，在心中！

前几天妈妈去内蒙古开会，作为吃货家族的一员，她不带点吃的回来，那是不合格的。可是在我兴冲冲地开了门后，妈妈给我带的只有一盒奶酪，剩下的瓶瓶罐罐里装的都是各种各样的酒，那东西自然不是属于我的。这次的礼物真是大失所望。

妈妈给我解释了一下原因："我们去的地方是乌兰浩特，据导游介绍说，乌兰浩特的牛肉干没有他的家乡呼伦贝尔的好。因此，我决定等导游回了家，托他从家乡买风干牛肉干和另外两种奶酪，帮咱们寄回来。所以呀，它们现在还在路上。但是我想啊，这么空着手回来，只有你爸的酒，对你也太不公平了，所以我就买了一盒奶酪，让它先安慰一下你寂寞的嘴巴。"

说真的，妈妈跟我说完，我的第一反应不是牛肉干和奶酪什么时候会寄来。我的第一反应是：它们真的在路上？导游会不会骗我妈妈？

我在忐忑不安中过了三天。三天中，妈妈也因为我的情绪影响不再笃定。妈妈有着比我更丰富的涉世经验，她当然知道自己有被骗的可能。既然如此，妈妈为什么还要买这个人的肉干呢？一个 QQ 号，一个手机号，能代表什么？对于妈妈的行为，我非常不解。妈妈加了那人的Q，那个导游说第二天发货，第二天给我妈妈单号。可是第二天我妈妈上Q的时候，那个人的头像一直是灰色的，更别提什么单号了。

我和妈妈都相信，既然他加了我妈的Q，还答应给我妈妈单号，那么到这个程度上，他没有理由骗我们了。因为他要是骗我们，直接就可以不加我妈的Q，不说什么单号的事，何必再多费精力，走到这一步呢？而且妈妈很肯定很坚决地说，小导游做事非常认真，是她遇到的最尽心解说、最尽力安排日程的导游，他那么年轻，充满活力，我们应该给他被信任的机会。我不知道妈妈是在劝我还是自我安慰。

在我们的忐忑中，牛肉干和奶酪风尘仆仆地来到了家里。我拿着那袋肉干，有种沉甸甸的厚实感。我想，这不仅因为它凝聚了牛肉的精华，更凝聚了人性中最朴实的光芒——人与人之间的信任——妈妈对导游的信任，导游对妈妈的信任的回应。

或许信任这东西被我们抛弃了很长时间。但是我认为我们有必要把它拾起。人丢了灵魂中最原始的东西还会正常地活下去吗？这使我想起了《疯狂原始人》中的一句话："我们这不是活着，只是没有死掉！"我们不应该再继续这样傀儡般的生活！

或许，信任的缺失是一种群体性的错误。人们可能因为一次例外的发生，就再也不相信普遍发生的事情。而最后，普遍变成了例外，例外变成了普遍。我们就再也不相信原本普遍的真理，而小心翼翼地去避免例外的降临。即使遇到，也会躲开。

如果每个人面对当下的事物，都能积极地去改变，而不是一味地去抱怨、继续明知荒唐的错误，世界就会逐渐地温暖起来、丰富起来。

大草原的牛肉干，以妈妈放手交给那个陌生导游的信任作为旅程的开始，又以导游用双手捧起的这份信任作为沿途的风景，一路走来。信任是人际交往的基础，是人类最美好的情感。

我开始懂得和明白妈妈的决定，妈妈用几百块钱买回了一个对年轻人的肯定，与他一起搭建了人类最美丽的承诺。信任，原来真的在路上，在心中！

耕耘与收获

——观《宝葫芦的秘密》有感

久闻《宝葫芦的秘密》这部电影很有意思，今天终于能前来一看，可真高兴啊！电影虽以儿童日常琐事和符合儿童心理的幻想为主题，但教育意义却相当深刻。看的过程中，我有时禁不住捧腹大笑，可有时却泪珠在眼眶里打转。

这部电影首先以小学生王葆的一个梦为主题，突出了小学生的幻想力的丰富。接着就描述了王葆在一次钓鱼中偶然钓到了奶奶经常提起的宝葫芦，他就“幸运”地成为了宝葫芦的主人。此后他想要什么就有什么，比如他想要玩具，宝葫芦就帮助他把所有玩具塞满了他的家，结果他的家成了玩具的天堂，王葆被困在房间里。这时所有的观众捧腹大笑，我也被影片的情节逗得忍俊不禁。可见，人不能太贪。考试的时候，王葆心里想着要考个第一名，宝葫芦就帮他偷了一个叫苏鸣凤的人的答案。然而坏事总要见天，虽然答案是偷到了，可是名字、字迹都是拓制过来的，一下子就露了馅。

虽然王葆每次一想到一个愿望，宝葫芦立即做出感应，满足了王葆的心愿，但是太容易得到的东西总有瑕疵。王葆一时的贪心，让宝葫芦在为自己做各种各样事情的同时，也次次弄巧成拙、频频出丑，所以王葆总是怪宝葫芦。看着宝葫芦那楚楚可怜的样子，我的眼泪就不由自主地流了下来。而王葆也因为宝葫芦带来的实惠和各种糗事渐渐脱离了群体，失去了同学、老师、家长对他的信任。后来，刘老师找他谈心，他终于幡然醒悟。王葆从此发奋图强，终于取得了优异的成绩，重新成为同学们的好朋友。

这部电影告诉我们一个深刻的道理：天地之间，没有不劳而获的事。如果耍小聪明、投机取巧，反倒会偷鸡不成蚀把米。俗话说得好："一分耕耘，一分收获。"每个人都有自己的梦想，每个人都可能会为达成自己的梦想而努力，在这期间，有人失败，有人成功。成功的人并不比别人聪明多少，而是在于他比那些失败的人多努力几分。有人就是在等待"天上掉馅饼"的"奇迹"发生的时候，埋下了错误的根源，放弃了通往成功的路径。

这部电影给我们带来的不仅仅是笑声和泪水，更是一个道理——努力、勤奋、认真、刻苦才是取得成功的要素。

汗水、信念、执着铸造成功

每个人都会有一件让自己着迷的东西，而我从小就对古筝情有独钟。六岁的时候，经过妈妈的“慎重考评”和我的“执着要求”，我拥有了一架古朴神秘的古筝。那时候，我还很小，坐在琴凳上还有些晃，胳膊也很短，低音区的弦我常常够不着。

记忆最深的一次，是在我学《浏阳河》的时候。那时我学古筝也有一年多的时间了，刚刚接触有一些难度的曲子。弹到和弦的部分，左手跟右手总是配合不上。

我颓丧地坐在地板上，抽抽搭搭地耍小女生脾气。妈妈没有抱我，也没有批评我，却语重心长地对我说：“冰冰，你先回答妈妈一个问题。你觉得自己是根本就不想学古筝了，还是为自己掌握不了老师的技巧而苦恼呢？”

妈妈的声音很轻，让我不自觉地停止了哭闹，我歪着脑袋想了一会说，“是因为掌握不了老师讲的技巧。”说着，我嘴一撇，又要哭，妈妈把食指轻轻地放在嘴唇上，说：“嘘——！”我就老老实实地不哭了，可是我还是不甘心地拖着哭腔说，“可是我上课的时候认真听老师讲了，还认真练了呢！”妈妈说，这个妈妈知道，妈妈都看在眼里呀！你用左手画方，右手画圆，你看看，做得到不?

妈妈就跟我一起“书空”，用手指在空中画方和圆，我停止了哭泣，发现果然做不到。妈妈趁机耐心地开导我说：“和弦跟刚才的游戏是一个道理，两个手同时做不同的动作，是很难的事情。可是，你看，好多人都能把古筝的和弦弹好，那我们冰冰会不会比他们差呢？”

我一听，立即来了精神，说：“不比他们差！”然后妈妈从家里找出一团凌乱不堪的风筝线。妈妈对我说：“你练和弦，妈妈把这团废弃的线整理好。看看谁先完工。”我一听要比赛，立即来了劲头，可是不一会儿我就发现妈妈的活儿似乎比我的要容易，于是我提出跟妈妈交换，妈妈欣然同意了。可是，没多久，我这个“混世魔王”又开始闹。因为，我缠了一会发现，这风筝线也不是那么好缠。于是，在我多次“起义”下，一切又恢复到初始状态。在妈妈和我的共同努力下，我终于把《浏阳河》弹得很流畅。

古筝路上的“苦”，我是没少受。每个学期的期末，功课都很紧，妈妈总是陪着我，帮我计算好时间，因为我们深信“一日不练自己知，两日不练街坊知，三日不练观众知”。练功的秘诀就是贵在坚持，不论严寒酷暑，我都坚持去上课，有一次下大雨，天黑得像夜晚，路上行人很少，妈妈带着我，等到了老师家里，浑身都湿透了；还记得一次，我发烧很严重，从凌晨两点就睡不着，后来，我实在忍不住了，就从床上爬起来，坐到古筝前，开始弹起熟悉的曲子。我全身心地投入到了曲子中，没有太多的精力去在乎病魔的来访了，居然觉得头也不痛了。

那时候，我发现，古筝不再是磨炼我意志的严师，还是排解我苦闷的益友。

第一次比赛，是在2009年的四月底，我十周岁。就是在这桃花飘落的美丽季节里，我迎来了生平第一次重大的比赛。我就是伴着桃花那淡雅的花香，和那可爱的桃红色来到了赛场。可是，我只取得了辽宁省铜奖，我很不甘心，回来以后，我更加刻苦地练筝。

机会终于来了，2010年12月，我参加了由中央音乐学院、中国音乐学院、中国青少年艺术活动中心主办的“琴筝之约”国际邀请赛，我终于如愿以偿，摘得辽宁省赛区金奖。

当我站在赛场的舞台向评委老师和观众鞠躬谢礼的时候，我终于明白“台上一分钟，台下十年功”的含义。是的，奖牌的背后，要付出足够的汗水和耐心甚至是烦躁时的发泄。不仅仅是古筝，任何一件事物都要付出汗水和努力才能获得回

报。泪水和汗水的成分虽然相似，但前者只能让人获得同情，而后者才能带领我们取得成功。

成功的秘诀不仅要有努力的汗水付出、合理的时间分配，更重要的是信念的支持。因为，一切的一切都是由对事物的信念而引出的！

分享我的安全经历

我从小出生在双职工家庭，爸爸妈妈都是化工企业的员工，从小学一年级开始，寒暑假便成了爸爸妈妈非常头疼的事情。为此，爸爸妈妈想出了好多的主意帮我独自在家，而我也在一次又一次地历练中慢慢长大了。

储备安全常识

记得我还很小的时候，奶奶在家里帮妈妈带我。有一次，我刚要把手伸进电源插座，眼疾手快的奶奶"啪——"的一声把我的手打到了旁边。这下可委屈坏我了，我"哇哇"大哭，可是奶奶根本不在意我的眼泪，还像训小猫小狗一样大声呵斥我，问我以后还敢不敢那么做，这在我小小的心灵里狠狠地划下了一笔！妈妈下班回来，奶奶迫不及待地向妈妈告状，我张着小眼睛，眨巴眨巴地看着奶奶不停地数落我，然后又可怜巴巴地看妈妈。妈妈听奶奶告完状，就笑嘻嘻地把我抱起来，点着我的小鼻子说："快跟奶奶认错！"然后，妈妈就指着插座跟我说："妈妈跟你说呀，这人体呢，是导体，当你的手指与电源插座上裸露的金属导电片接触，就会连上电路，小命就没了呀！”奶奶不屑地看着妈妈说：“小屁孩都不会说话呢，能听懂什么呀！”奶奶您可别小瞧不会说话的宝宝呀！宝宝可比大人们想象得要聪明呢！你们平常说的话，我都记在了心里的！

后来，每当家里添置了新的家用电器，妈妈都会带着我一起看说明书，妈妈的执着让我在还不会走路的时候，就能准确地区分电笔和普通螺丝刀。在妈妈的培训下，我俨然成了家里多事的“安全员”，就连物品不归位这样的小事，我也能给他们讲半天的大道理！

妈妈所有的这些教导，都给了我丰富的安全常识储备，让我在一个人独处的时候，能够有避险意识和安全保护意识。

看住自家的门锁

刚开始一个人在家的时候，我特别害怕。每天早上醒来，爸爸妈妈已经走了，不过，妈妈的纸条总是细心地躺在我的枕边等我醒来呢！妈妈给我留的字条，除了酸溜溜的鼓励，就是絮絮叨叨的叮嘱。而最多的一句话，就是，自己一个人在家，要注意安全！然后，每天是换着花样地提醒我，自己一个人在家，最紧要的是要看好咱家的门锁！

我第一次听到敲门声特别害怕，虽然妈妈告诉我，只要不出声就没事，坚决不要回应！可是当陌生的敲门声真正响起来的时候，我惊慌失措、忐忑不安，一下子就把妈妈的交代给忘到脑后了！我自然是不敢出声的，但是我像小耗子一样，蹑手蹑脚地蹿进了里屋，想想不妥，又蹑手蹑脚地蹭回了门厅，我想趴着门镜看看，到底是什么样的人在敲我家门。我确信不是家里的人！因为家里人都带钥匙走的，即使说是爸爸妈妈的朋友也不行！说是爸爸妈妈也不行！妈妈说了，防止别人冒充行骗，至于陌生人，就更别想敲开我家的门了！

随着时间的推移，我一个人在家已经成为习惯了，我也渐渐成了家里的小主人，有时候，外面敲门的人会喊："查水表的！""收卫生费的！"……但是我丝毫不为所动，但是妈妈下班回来后，我会一一汇报今天家里门被敲了几回！外面的人都喊了什么话。妈妈总是摸着我的头夸我机灵。逐渐地，我越来越处变不惊，被敲门已经不能成为我独立在家的障碍。我的原则是，无论门外怎样"锣鼓喧天、鞭炮齐鸣"，我这里依然是纹丝不动、波澜不惊。

会用家里的厨品

我们小孩子自己在家，还有一件大事，就是饮食的问题。按照我的经验，最初能够自己热饭热菜就 OK 了。通常，妈妈会给我准备好午餐，只要掌握了各种饭菜的加热时长以及小家电的使用方法就可以了。

有经验的宝宝如果想试试自己亲手做饭做菜，那么前几次一定要选择父母在家的时候，由父母监护监督。我就是这样一点一点地从煮方便面到做蛋炒饭到自己炒菜，每个工序都经过了妈妈的严格审查。

自己烧菜必须要学会使用煤气，妈妈给我讲清楚了煤气的安全阀门、煤气总阀等的位置，还有就是煤气泄漏后的如何感知、怎样正确处理。妈妈还特意演习了煤气泄漏，让我感受有煤气泄漏的空间是怎样的味道，告诉我这个时候不能触碰电器开关，更不要在家里打电话，一定要先打开门窗，并杜绝明火，然后再到安全的地方拨打 110 和爸爸妈妈的电话。

如今，身经百战的我不仅能够在妈妈下班前帮妈妈把米饭焖好，而且可以做简单的炒菜，对了，小朋友们，请大家尽量不要使用刀具哦！我这可是在妈妈监督下切了一百零一次菜之后，才通过考验过关的哟！

亲爱的小伙伴们，看了我的安全经历，你们有没有跃跃欲试呢？快来参与安全行动，做爸爸妈妈的好帮手吧！

“安全控”的小秘密

安全与我们的生活息息相关，是我们能够幸福生活的基础和保障。家庭生活中的日常安全更是不容忽视，因为在我们的日常生活中，有许许多多容易被忽略却很致命的安全隐患。消除这些隐患，多彩的生活才会任我们攀折。

文具——两面派

铅笔可谓是我们学生的亲密伴侣，说起它与安全有关的问题啊，那可真是个两面派啊！我们写字画图都离不开它，可是我们要是不好好保管它，它就会惹是生非报复粗心大意的使用者。

不论是小学时写字，还是到了初中、高中画图，我们的生活中都缺不了铅笔。从这个意义上来说呢，它的确是我们的好帮手。可是，如果不仔细使用，它锋利的笔尖也会给我们带来无可挽回的后果。自动铅笔倒是好说，可是，有时，我们要用 HB 的、2B 的铅笔。这时，笔尖就裸露在外了。我们拿笔时稍有不慎，笔尖就会扎破我们的小手。要是用铅笔打闹，那就更不得了了。有报道说小学生因用铅笔打闹而扎到了眼睛、心脏。这多么可怕啊！

虽然我们遇到这种倒霉事的几率几乎为零，可是，细心的妈妈在单位习惯了防患于未然，对我的文具也不肯放过，妈妈不仅要求我把铅笔的笔尖按照同一方向摆放，还为我的铅笔做上了漂亮的小帽子，让它们老老实实地不许有任何亲密的举动，这样，我的文具盒既漂亮又安全啦。

家具——要提防

在化工企业工作了近二十年的妈妈几乎是个“安全控”！她每天对我和爸爸絮叨的都是那些上纲上线的安全细节。你还别说，真让妈妈说着了。

事情是这样的：家里桌子的抽屉在我们着急取东西时常常会被忘记关上，妈妈就总是斥责我和爸爸不关抽屉这一“劣迹”。我们俩总是左耳朵进，右耳朵出。妈妈无数次的愤怒在我们眼里已经习以为常不以为然了，根本不肯把这样的小事放在心上。

一天深夜，我睡得迷迷糊糊起来喝水，床头柜的抽屉正好没有关——这些事情都是妈妈在做呀！不巧的是，妈妈出差了。这回可好，我直接就摔了个大马趴。还好，家里的地板离床高度很低，我只是磕青了膝盖，并无大碍。妈妈回来以后，我也不肯跟她一起洗澡，直到淤青散掉。不过，这次的教训终于让我牢牢记住妈妈的话啦！

浴室——有妖气

在我国古代就讲究沐浴更衣，现在的我们更是爱干净了。浴室便是我们每天洗漱的地方。有的时候洗脚忘了拿毛巾，我就站在盆里往前蹭，妈妈总是严厉制止的。妈妈还给我举了一个生活中的例子来论证。她说，他们单位有个叔叔在卫生间洗澡，出来的时候不小心滑倒了，不仅砸碎了浴室的玻璃，还把右手手筋划断了。这个叔叔是个运动迷，这次的事故，让他失去了玩精准球类的机会。

我听了浑身冷汗啊！叔叔只是不小心就吃了这么大的亏，那我这偷工减料的洗脚法，岂不是天天把自己置于危险之中啊！这要是因为偷懒摔倒了，弄的骨折、肌肉拉伤事小，浴室的门要是玻璃的，那可就要危及生命了呀！

跟大家说啊，特级警告：浴室安全不可轻看！家庭的浴室通常会放些肥皂啊、洗衣粉啊之类的，洗澡的时候如果忘了拿出去，要是在喷头附近，那可就糟了。浴室里的水跟皂粉搅拌，不设防的我们踩上去，不摔跤才怪呢！洗澡之前，大家可别忘了把这些东西统统拿出去哦！

与安全有关的细节时刻都伴随在我们的生命中，我们在生活中处处留心、事事仔细，才能让生命开出最灿烂芬芳的花朵！关注日常生活中的安全点滴，就是关爱生命、呵护生命、热爱生命最真诚的表白，多彩生活，也一定要有安全相伴才会一路畅通！

心手相连，传递文明星火

文明是一粒种子，播在原野，就会生长出一片葱茏；文明，是一行路标，镶嵌大地，就会指引最近的路途；文明，是一束火把，点亮黑夜，就会繁衍出一片光明。当我们温暖这粒种子、珍爱这行路标、呵护这束火把，文明的参天大树就会常驻人间，文明的传承之旅就会一直在脚下延伸，文明的闪闪星火就会常燃不息。

在生活中，我们常常会不自觉地犯一些小错误，疏忽一些小细节。殊不知，这些小错误、小马虎，给我们原本多彩的生活蒙上了灰色。我们的父母，虽然每日都在监督我们的行为、呵护我们的成长，但是，他们自己也常常疏忽大意，把习惯当成规矩。因此，相互提醒和监督，让不文明的现象从我们身边消失，需要我们每一个人的努力。

举手之劳，汇集文明

记得在“非常 6+1”的一期节目里，李咏叔叔介绍了一个做超市理货员的歌手，这位歌手阿姨一天的工作，就是将顾客误选后随意丢弃的货物，区分种类和编号后归位。以前我也常常把选好之后不想要的物品顺手舍弃在最近的货架上。看了那期节目之后，我才知道，一个个“随意”的叠加，给理货员增加了多大的工作量。从那儿以后，每当妈妈要顺手放下不要的商品时，我都帮妈妈送回去，妈妈阻止我说：“有人会来整理的！”但是我始终坚持。我的固执终于战胜了妈妈。如今，妈妈每次去超市，从来不允许自己拿错的东西在别的货位上串门，这自然要归功于我啦！小手拉大手，就是这么简单。

关注细节，牵手文明

十字路口，红灯高悬，因为两面没有车，人群呼啦啦地穿过。这时，我听见身后一个稚嫩的声音：“妈妈，红灯！老师教我们‘红灯停，绿灯行’！”

我的脸蓦地红了，这个可爱的小宝贝，不正在用她的小手拉住妈妈的大手，阻止妈妈的陋习么？曾几何时，我也是这样仰着天真的脸庞，对父母说这样的话。而现在呢，为了早上多在被窝里蹭一会儿，我只好匆忙地往学校赶，别说日常阻止父母了，就连我自己，看到红灯亮起的路口，对面没有车辆，我依然故我地闯着红灯，从未忏悔过！

依然是拥堵的路口，我固执地站着等候绿灯亮起来，身后的阿姨不耐烦地吼着：“走不走？！走不走啊？！”我温和地笑着：“阿姨，绿灯马上就要亮了！”

阿姨歉疚地笑了。短暂的交流化解了阿姨的焦躁，虽然我没有握住她的手，可是我分明感到，我们彼此的心被浅浅的微笑拉近了。

尊重他人，践行文明

妈妈常常晚回家，有时候妈妈会给我描述他们堵车的情形。黄灯亮起来了，东西走向的车和南北走向的车都想在红灯亮起的时候抢过去，这样，你不让我，我不让你，车只好都堆在路中间了。这时候，信号灯完全失去了它的作用，从表面上看，是抢了几秒钟，可是从等下来的时间算起来，却足足耗掉一小时甚至更久。最不堪的时候，只好请交警来帮忙了！

都市生活中，堵车，已经成为一种常态。而这些现象，很多时候是由于人们错误的行为和习惯造成的。礼让、等待也是一种尊重，更是一种文明。那些抢行的车辆中，或许就有我们的父母身在其中。那么，就让我们每一个人在餐桌上、在散步时，多跟父母交流交流规则的意义，让我们与他们手牵手，一起走过文明之旅。

摒弃陋习，重塑文明

公园的夜市摊位各式各样，有卖烧烤的，还有卖小物件的，林立的树木成为天然的货架。一天，我站在烧烤摊等着吃烤串，摊主阿姨把一小盆带油的污水倒到最近的树下。被方砖围好的树坑里立即飘起了油花。一个五六岁的小女孩摇摇摆摆地牵着妈妈的衣襟喊："妈妈，妈妈，小树喝水不喝油。"她的声音是那么的纯净，阿姨似乎意识到了自己的行为是一种错误。

她惭愧地摸摸女儿的头，半天没有回答。

又一个周末，我再次徘徊在烤串摊旁边，我意外地发现，摊位旁边放了一个废物桶，女孩牵着妈妈的手仰着可爱的笑脸崇拜地看着爸爸给食客们烤制肉串。欢声笑语，在这条街上定格。而这些笑声的来源就是那个小小的、不起眼的废物桶。原来，摒弃陋习，是如此简单、如此美好。在那一瞬间，我分明感到了小树重新燃起了活力，没有了往日的闷闷不乐、垂头丧气。

小手拉大手，交融的是智慧、保留的是诚实；大手拉小手，拉住的是纯真、交付的是信任。或许一只小手的力量还不足以牵动大手，但千千万万只小手，温温软软的纠正，一定能让大手紧紧地回握，引领我们一起走向文明！文明是一种平凡的魅力，它或许不够闪耀，也不够响亮，但它会感动我们心灵的最深处。亲爱的同学们，让我们一起行动起来，与我们身边的人们一起规避不良习惯，倡导善小常为的美德，让文明的星火，燃遍古都沈城，传向祖国各地！

红灯路口不孤单

交通安全也算是安全问题中比较重要的一部分。我们每天都要出行，红绿灯更是我们每天都要看见的。它是我们生活中的常客。而在现在这个社会，已经有越来越多的人忘却这个客人，忽略这个客人，轻视这个客人。

还记得网络上那条微博：在湖南一个热闹的街头，半个小时通过了1600人，而仅有一人遵守红灯停绿灯行。这条微博足以显示现在的人们有多么视规则章法于不顾，这不就相当于把自己的生命当儿戏吗？有了规则我们就要去遵守啊，要不然规则不成了摆设吗？更何况是这种关乎生命的规则！还记得我以前写过一首小诗：

重拾·空无

过了多久，
我们不再坚持我们曾经的坚持了
过了多久，
我们不再坚信我们曾经的坚信了

过了多久，

我们不再坚守我们曾经的坚守了

过了多久，

我们开始想起我们的遗忘了

过了多久，

我们开始重拾那些遗忘了

我们小心翼翼，

我们如履薄冰，

可是，还是碎了满地

我们这时才发现，

那些被抛弃的东西原来再也拾不回来了

这首诗的灵感，就源于一个红灯。其实也不应该这么说，应该是来源于红灯和在那个路口的人们。总是孩子拉着妈妈，说不能过，要等变绿了才过。可是，妈妈总是要把孩子拉走，从通往正确的路上拉走，从遵守规则的路上拉走。从那之后，我敢为心无愧地说，我没再闯过红灯，因为我还不想偏离属于我的、本就正确的轨道。因为我还想去把那些我们丢了的东西通通拾回来，我不想真的就是空无。我也想过，我的行为能能不能影响着、感染着一些人，让红灯的路口不再孤单，不再总是我一个人执拗地等呢?

直到那一天，我坚定了信念。直到那一天，我知道了正确的东西，永远都是正确的，永远都是我们该坚持的。

那是在我无数次放学回家的路上，我走着走着，马上就到路口了，绿灯已经闪烁，我加快了步伐，可终究红灯还是亮起了。

无奈，只有站在那里等待。可是这个红灯长达40多秒，路又是那么窄，等起来真是焦心啊！好多人已经迫不及待地张望着闯灯而过，但我知道，我一定要站在这里。

不一会，有一个年轻的妈妈领着她的儿子过来了，我注意到这对母子，是因为那母亲的话："现在是红灯，不能走，要等绿了我们再过，啊。"我微微把头向左转，我看到那是个很小的孩子，大约就一岁多吧。一张纸不小心从我的衣服兜里掉了出来，我弯腰拾起，不仅为我，为地球，更为那个孩子。因为我希望，他的心里从小被种下的就是善的种子，我更希望，他纯净的视野里，看到的永远都是纯净的东西。而当我抬头看见他正注视着我的时候，我更加确信，我是对的。这个红灯，好像不像以前那样漫长了。

从此，我习惯了停留在每一个红灯亮起的路口。我等待，不敢迈出一步，因为我知道，闯红灯不仅仅是素质低下的表现，更是违法的事情，更有可能牵连着我们每一个人的生命；因为我觉得，若是我跨过了，就会有一千只眼睛盯着我，让我羞愧得无地自容，即使清晨的路上没有一个行人。

马路天使

这里说的马路天使，多是带引号的。因为呀，每天我跟妈妈行车在路上，看到各种各样的马路恶使，他们见缝插针、锱铢必较，让一个好好的马路热闹不堪、让真正的天使怒而无奈。那么，我们只选一个路口为例，就可以寻找到好多这样令人无语的“天使”们。

在我上学的路上，有一个必需的拐弯路口，那是铁西、浑南以及长白方向的学生到校必经的路口，我们穿过和平大街，拐到北五马路，就到了我们美丽的二十中学门前的主道。可想而知，那个拐弯路口在每天早上有多么热闹。因为学生上学而在这个路口提前造就的早高峰，每天上演着各种各样的“马路天使”的故事。

故事一：加塞

因为不断地积累与摸索，二十中学的家长们都知道，这条弯道的绿灯时长可以保证白实线前的车辆全部通过。那么，排在白实线后的车辆里，如果哪个家长是一个马路油子，他就会选择一辆老实巴交的实线内车辆越道。具体的做法就是赖在直行道上不管是否挡住了后来车辆的通行，就在那儿守着，前车略一动弹，他瞬间挤入，不在乎如果强行插入带来剐蹭会让双方浪费多少时间。

有一次，我和妈妈就遇到了这样一个超级不守规矩的车主。妈妈已经是排尾了，他居然要跟妈妈并行，伺机挤到妈妈前面。这让一向礼让的妈妈顿时火冒三丈，最瞧不起这种没有公共道德的马路天使了！坚决抵制！妈妈虽然用行动阻止了他，但是并没有让他良心发现，他还是继续向前滑行，再次伺机入侵！

故事二：借道

加塞的车主可恶，这借道的车主也够让人跌破眼镜的。这些车主，是连挤位子都懒得挤啊！想想看，白实线的距离也不过二十米，能摆几辆车呢！还不如借道来得痛快。于是，他们在挨着拐弯道的那条车道上呼啸而过，然后就堂而皇之地拐到等待区的第一辆车前面大摇大摆地等拐弯信号亮起来！

有一天，警察叔叔好心站在了这个路口，恰巧我们的车在等候车辆的第一位，我几乎都能看到警察叔叔的眼神了！

这时，借道的车们无一例外地在车头左拐了半米又硬生生地扭回原道，直行而过，估计在下一路口调头呢！何苦呢？何必呢！

故事三：越道

我们还遇到过这种情况，毫无预警地突然越道行驶。他们在拐弯等待的时候，感觉前方车辆太慢，就从拐弯道转到直行道。然后冲到前面拐弯。在对这些行为进行简单汇总后发现，他们如此抢道欺行也不过提前一两个车位，我就纳闷了，差这么两个位置，早出来两分钟就可以了，为什么非要逆着规矩来呢？

有一次，我和妈妈就拜一位这样变道的司机所赐，惊魂未定了两小时。事情是这样的，我们正在拐弯道临近的直行道上畅通无阻地准备冲过绿灯，这时候忽然从左边的拐弯道杀出一辆捷达，妈妈没来得及反应就踩下刹车踏板，在距捷达不到半米远停下来。捷达貌似感到了危险，也减慢了速度晃晃悠悠从我们前面驶过，再左并道滑入了拐弯车阵。

妈妈傻眼了，车顿在路上半天没有前行。

我不知道那些司机们到底是怎么想的，生命不是最值得敬畏和珍爱的吗？为什么要抢那么一两个车位呢？记得我们在初入幼儿园的时候，就最先学会了等待。吃饭要排排坐好，等老师分发水果；饭前洗手要排队；老师给我们整理衣服、梳头发这些事情，都是要我们排队等候的。记得在盖伦的拓展班，老师提问问题，我们会争先恐后地举手，但并不是每一次，老师都能叫到自己。那时候，老师也在不断地告诉我们的家长们，要让孩子学会等待。

等待，就这样，在蹒跚学步的时候就渗透进了我们的生命里。

然而，大人们似乎把这个规则给忘了。他们学会了各种加塞并乐此不疲。殊不知，身教的力量是言传的无限放大倍，在这样的日积月累地不守规则中，您的孩子们会成长为真正的天使吗？

为啥啊？为啥啊？！

为啥啊？为啥每个家庭的习惯不一样？为啥每个宝贝的习惯不一样？列夫·托尔斯泰不是告诉我们了吗？幸福的家庭都相似，不幸的家庭各有各的不幸。所以啊，开心的宝贝，各有各的开心，这就是“为”后面那个“啥”。

关于“为啥”的提问，起源于我周末和同学的一次聚餐。周五的时候，我跟邦邦打赌，结局是邦邦请我吃大餐。

邦邦选的地方是一个叫“豪客来”的火爆西餐，为了珍惜宝贵的学习时光，我和邦邦先是约好去附近的肯德基先写作业。妈妈把我送到肯德基楼下就扬长而去。通常，对于妈妈来说，这种即停即走的接送模式让她非常舒服。这就是我开车的时候表现得笨笨的妈妈。

西餐非常好吃，吃完午饭，我们决定转移战场，到另一条街上的麦当劳去写作业，一则路上消消食儿，二则换一下写作业的环境。就在这个迷人的午后、在这优雅的麦当劳餐厅，我完美地赢到了邦邦的甜筒！

甜筒的故事是这样的：我们决定回去的时候，各自给自己的妈妈打电话。但是我们忽然想起来，我们已经换了地点。于是，只能重新打电话。这时，我忽然想起妈妈蹩脚的停车技术和规矩的行车习惯，我便淘气地跟邦邦说：“你等着，我妈妈接到电话肯定得说，啊好的，你到哪儿哪儿等我。”邦邦哥哥说，“为啥啊，不可能。”

为此，我和邦邦以一个甜筒的赌注开始了跟妈妈的对话。我给妈妈打电话的时候，开的是免提，妈妈说的话，连字都没变一个，简直让邦邦的眼睛都要瞪出来了，邦邦一直在说，“为啥啊？为啥啊？”

后来，邦邦的妈妈，真像我和邦邦讨论的那样，到了麦当劳楼下，才给邦邦打电话，然后邦邦就从容地从麦当劳楼上下来，慢腾腾地坐上小车扬长而去。

而我，一边吃着赢来的甜筒，一边在妈妈约定的地方等车。

妈妈来的时候，我手里的甜筒已经下肚了，就着甜筒，我想起了妈妈曲折的学车经历。在妈妈学车之前，她经常不自信地说，交通是她最大的短板，她喜欢步行，自行车都不爱骑。我升上高中以后，上下学问题，成了我们家生活的焦点问题，我每天早出晚归让妈妈非常心疼。妈妈希望拥有一辆自驾车，好让我在路上补觉。为此，妈妈鼓足勇气报了驾校，拥有了自己的小车以后，妈妈用了一个月的时间熟悉实际道路驾驶，每天练习之后她都做各种标记和总结。妈妈从来不肯越线、不肯违停、不随意变道，因为妈妈除了对自己不放心之外，还一直跟我说，任何时候，都要有敬畏生命的认知。我一度为此愧疚不已，妈妈却跟我说，感谢我的宝贝，让我提前实现了挑战自己的梦想。开车，并不是为了我，而是为了让她自己看上去更像一个现代人。会开车，就像会电脑、会使用智能手机一样，是现代人生活的必要条件。

路上，我把这个好玩的赌讲给妈妈听，妈妈被我绘声绘色的讲述逗得直笑，还不停地制止我，宝贝儿别讲了别讲了，会影响妈妈开车的!

事后很长一段时间，每当我吃甜筒的时候，我都会想起妈妈以及她开车的种种。妈妈的爱和为爱而付出的努力；妈妈的中规中距和为遵守规矩而吃瘪的各种镜头，都在告诉我究竟是为啥。妈妈说过，从容，是人生最美的况味。我们可以为了遵守交通或者其他的规则，而浪费那些等待的时间，因为，值得!做一个从容而温暖的人，并不会因为慢了半拍、吃了小亏就有任何改变。这，就是为啥。

怎样去包容

从小就在“做人要包容”的教育中长大，我以为自己做的已经足够好，但其实不然。

上周六，我和朋友们一起去打羽毛球。按规则，打比赛。我和薛对蒙和周。我们没有裁判，也没有录像，所以比赛过程中有很多球会存在争议。有两个球我感觉是出界了，因为在白线外，紧贴线。但是周、蒙坚持说并没出界，薛竟说：“没出！这球算你们的！”然后潇洒地把球抛了过去。就这样，他让出去了两分，还说：“看我怎么把发球权给赢回来！”但我清楚地看到他额头的汗珠，毕竟实力相差不大，毕竟没有万分的把握。此后每一个存在争议的球，我们都让给了他们。

我们就由起初的领先 8 分一下子落到了领先 4 分。到赛点的时候，我有两球失误，对方紧咬比分。我和薛有点着急了，但我们知道，不能慌，不能乱。越是到这样的关头，越要静下心来打球。

最后，我和薛还是赢了他们。薛笑了笑，对我说：“看，我们赢了吧。”听声音，还以为我们赢得多么轻松，实际上，我们浸着汗水和紧张的衣服，又有谁看得见？我们揣着忐忑和不安的心，又有谁看得见？

他用行动教会了我什么叫包容，什么叫忍让。我突然发现，我以前做的事情根本不叫包容和忍让。我只是做了该做的事，只是遵守了该遵守的规则。或者说，之前那些事情，没有涉及利益冲突。而打球的时候，一分、一次发球权，都会影响着结果，左右着胜败。我不想放弃也不愿放弃，这时，我不肯包容了，不肯谦让了，而我的队友，他，做到了。

原来，我所谓的包容只是在我认为可以包容的时候才伴着我，而不是在需要包容的时候伴着我；原来，不是包容丢下我，而是我抛弃了它。回头看看我的队友，亮闪闪的汗珠那么晶莹地挂在他的脸上，折射着圣洁的光环，我知道，那是包容、大度和自信。

回程的路上，我沉默了好久，为自己、为同学、为很多事。

我想，包容之于我，于我们每一个人，都是一个很重要的朋友。有了它，可以避免很多不必要的冲突；有了它，可以调节我们原本糟糕的心情；有了它，可以慢慢磨去我们性子中的棱角。今天，我的队友，在不经意间，让我不自觉地自省、反思、振奋。能够舍弃想要的，是包容；通过努力而不是寸步不让去得到，也是包容。如何去包容，原来是这样简单。

　　在未来的人生旅途中，我将与包容相伴，直到永远。

泥泞的路上才有脚印

只有经过地狱的磨炼才能创造出天堂的力量，只有流过血的手指才能弹奏出世间的绝唱。

——题记

总以为在身边人爱的包围之中，我的成长之路会风和日丽，但现在我才明白，困难才是前进的动力，只有泥泞的路上才会留下深深的脚印。

初识古筝，那淙淙筝音宛若从云端泻出，使我深深陶醉其中。但课程的加深、演奏技巧的高难度，让我变得迷茫并想到了退缩。

刚学和弦时，因为左右手的节奏不同，配合起来十分困难。当时幼小的我用哭泣向困难宣战。性情温和的妈妈并没有责备我，而是小心翼翼地把我搂在怀里，耐心地开导我："和弦就好比左手画方，右手画圆，看上去简单，但是不经过练习就同时做，肯定要失败。"我试了试，果然做不到。

看着我停止了抽噎，妈妈立即找来一团乱了的风筝线提议跟我比赛。"咦？缠风筝线和弹古筝，能放在一起比赛么？"

可是，睿智的妈妈能办到。她提议说：“看看是妈妈先捋清线团，还是聪明的宝贝先搞通和弦。”

我一听比赛，立即来了精神，又一次坐在筝前，屏息敛神，全神贯注。每根琴弦都以疼痛亲吻着我的手指，而双手的配合总是不能自如。

退缩的念头一次次袭上心头，可是，当我看到不远处妈妈宁静的脸庞、不停地腾挪的手指，我不服输的劲头又占据了心灵的高地。一次次地坚持，我终于可以把起承转合演绎的曼妙自如。

不记得是妈妈先缠好了线团还是我先练好了筝，但是我清楚地明白了一个道理，那就是，成功就是走遍了一百条失败的路之后，第一百零一次的绚烂！

原来，困难在坚持面前如此不堪一击！习筝过程中对音乐的理解，以及在理解音乐的道路上对困难和挫折的征服，让我在对待学习和生活中的许多问题时都变得豁达和勇敢。

由此，我想起了那群生活在亚马逊平原的苍鹰。那些断过翅膀的苍鹰，用带泪的凝重诠释成长的意义；存活于沙漠的仙人掌，用不断深入的根须积蓄水分。而所有的这一切，都是用执着来支撑信念，用内心的充实和坚定把困难踩在脚下！

争执，让生活更美好

争执是个很麻烦的问题，像物理学中的摩擦，时而为动力，时而为阻力，现实生活中不可能有一个时空存在绝对光滑的理想状态。争执的存在重要得让人无法忽视，争执的影响让周遭的生活喧腾起来，争执的魅力让世界精彩缤纷。

争执会推动社会的进步与发展，这是有据可查的。比如说，1872 年的某一天里，在美国加利福尼亚的一个酒店里，斯坦福与科思围绕“马奔跑时蹄子是否着地”发生的那场举世闻名的争执。斯坦福认为，马跑得那么快，在跃起的瞬间四蹄应该是腾空的。而科思却认为，无论马跑得多快，起码都应该有一只蹄子是着地的。为了验证孰是孰非，俩人请来摄影师麦布里奇做裁判。麦布里奇在马奔跑时连续拍摄了 24 张照片，每张照片都显示马始终有一蹄是着地的，科思赢了。但是事后有人提出质疑，人们无意识地拉动 24 张照片，发现马竟然“活”了！电影的雏形就是从那一刻开始慢慢孵化的。

我最初听到这个故事，觉得不可思议。为了一个茶余饭后的争执，两个成年人居然兴师动众，还请摄影师来见证！然而，恰恰是这场争论，不仅孵化了电影，而且，这种锱铢必较的治学精神，在当时、在当今，是多么值得推广和延续。

推己及人，我在想，我们在明哲保身中，放弃了多少可以通过争执辨明的事件？我们在求学生涯中，又因为惫懒忽略了多少可以严谨治学的东西？

我们为了维持一个表面的和气和平静，常常规避问题的焦点，因为面面俱到，放弃了最真最纯的东西. 人们都变得左右逢源、春风得意。然而，如果世界没了争执. 我们的生活就会置身于一个宁静无波的深潭，寂寥惨淡，了无生气。然而，世界就是这样真实地存在着，它用多情的臂膀拥抱斑驳陆离的世态，它用沉默的包容接纳千姿百态的生灵。

我时常在神思游离的时候，把斯坦福与科思的争执单向地冠名为伟大的争执，并不断地探寻各种伟大的争执给这个世间带来的改变和利润。盘点生活中的明哲保身、无为而治，回望伟人的争执绚烂出的迷人光环，我在心底深情地呼唤，让我们大家都灵动起来，探寻争执、接纳争执吧！

因为争执，会让社会不断地交替进步，因为争执，会把世界变得多元，因为争执，能够创造更加美好的生活。

现在高于未来

我一味地想要到达未来，蓦然回首却发现，蹉跎了多少岁月，也再换不回一个现在。

——题记

据说，人生有五大遗憾，依次是：没有勇气追逐梦想；太少时间陪伴家人；没有勇气表达自己的想法；没有和好朋友保持联系；后悔自己没有活得更快乐。这是从澳洲一位名叫魏尔的护士那里拓制来的，品味起来让人深深认同。魏尔长年负责照顾安宁病房的病人，多年来，她听过太多太多的人生遗憾，最后，她写了一本书，名叫《垂死者的五大人生憾事》，理性地概括了人生的五大遗憾。

魏尔接受媒体采访时说，她接触过许许多多临终者，每个人都有自己的故事，但让她惊讶的是，人们离世前的遗憾，竟是如此大同小异！这带给她很大的冲击，因此希望通过这本书，提醒世人：时光一去不复返，要趁着还"活着"的时候，让自己更幸福。

读着魏尔和她讲述的故事，我的思想不由得随着这些故事

起伏，在我看来幸福并不是来源于一味地向往未来，而是努力地把握现在。因为我们能掌握的，从来不是过去、未来，而只有现在！

有这样一个直戳心底的例子：

有一对年轻夫妻，日子过得并不快乐。他们总在想，只要再过几年，孩子出生了，就会快乐了。可是当他们生了孩子，照顾孩子又让他们心力交瘁，他们于是又想：只要再过几年，孩子长大了，我们就会快乐了。可是渐渐孩子进入了青春期，儿子的叛逆，让他们无可奈何。他们于是又想：只要再过几年，孩子成年了，我们就会快乐了。孩子从学校毕业，步入社会，却一直为找工作的事而处处碰壁。他们又想：只要再过几年，孩子事业稳定了，我们就会快乐了。孩子的工作逐渐有了成就，却迟迟不肯结婚。他们又想，只要再过几年，孩子成家了，我们就会快乐了。孩子结婚了，媳妇的肚子却始终没有消息。他们又想：只要再过几年，有了孙子，我们就会快乐了。

直到闭上眼睛的那天，他们才惊觉——这辈子，他们始终没有等到快乐的那天。

我们总把快乐寄希望于未来，以至于蹉跎了多少岁月，我们常会产生错觉，以为自己只要达到某个目标就会快乐。到头来我们是否发现，要想获得真正的快乐，只有把握现在。好比我们高中生现在，总在给自己开梦想支票，等我上了大学，我就会快乐；等我交了男朋友，我就会快乐；等我找到好工作，我就会快乐。光阴就在一个个等待未来的日子里消逝了。但是，直到我们达到了这些目标，仍不快乐，虽然可能会快乐一时，但人生的里程碑后面，还有无数的考验，在虎视眈眈地等着我们。以为达到某个目标，就会快乐了吗？答案或许不然，真正的快乐，其实并不会随着某个目标的达成而降临，因为，到时候仍会有其他的考验出现，真正的快乐，就是把握每个现在，而不是期待未来。

现在永远高于未来，当你一味地想要到达未来，最终你会发现：未来的快乐，其实并不存在。

数罟不入洿池

第一次读到“数罟不入洿池，鱼鳖不可胜食也”，是在小学的暑假，盲目地跟着诵读，完全不知其义。如今，随着年龄的增长，对这句话的感触也越来越深。这句话的精妙就在于，它不仅道出了治国之理，更是为人处世的准则，是万物生长的根本。

数罟不入洿池，才会有吃不完的鱼鳖。引申而言，做事不可做绝，不赶尽杀绝，才能有利可图。如果一门心思干到底或只顾眼前利益，就会失去长远利益。

做事如此，治国也同理。王者治理天下，如果不肯将眼光放远，因为短期内有利可图，就不加节制地为所欲为，那么必将失去长远利益而最终失去民心所向。“数罟不入洿池”，在生产力低下的封建社会，帮助落后的封建王朝解决了人民的温饱，防止人们揭竿而起，为治国安邦起到了辅佐作用。在信息高速发达、科学水平日新月异的今天，它仍然适用。

比如，众所瞩目的环保问题，已经引起全球的广泛关注。很多国家一味追求经济发展而忽略环境保护，这终将导致“无鱼鳖可食”。在我国，越来越多的政府官员、科研人员都深刻地意识到这一点，并在不断地实施各项措施，开展各种研究，这，就是一个好的开端。

治国如此，做人亦如是。有句老话是这样说的："万事不可做绝，要为自己留后路。"做人更不能趁火打劫，遇到有人寻求帮助便狮子大开口；否则，将会越来越被人孤立，无法立足于社会，取信于他人。

治国、做人，以"数罟不入洿池"为尺度，这，同样也是万物生存之道。这句话，像极了《狼图腾》中毕力格老人所归总的草原生存之道。他总是在提醒后生们，狼固然有坏处，但是也不可赶尽杀绝，因为狼没了，黄羊、野兔、老鼠就会疯长，而这些动物，会吃光草场，草原便会逐渐消亡。这是多么原始而朴拙的生态平衡学说！在今天，当人们极力宣讲和推广生态平衡和可持续发展理念的时候，伟大的游牧民族、纯朴的劳动人民，早就深谙了它的精髓，并严格地遵守它，努力地呵护它！

我第一次无条件地崇拜儒学，就是源自于这句"数罟不入洿池"，它告诉我儒学的精髓，不是中庸和愚孝，而是让人们逐渐去了解和触摸颠扑不破的生存法则和自然真理。这些真理，对于个人、国家，乃至我们生存的地球，同样适用、同样精准无误！数罟不入洿池，寥寥六字，精妙无比！

内在的特殊魅力

一个人如果具有美好的品德，比如宽容，比如睿智，比如果敢，比如体贴，那么，这些品德就会令一个原本平凡普通的人发光发亮。

在我看来，一个人能给人留下深刻印象的，绝非仅仅是外在的皮囊，而是内在的气质。比如举手投足以及每一个微小的动作、谈吐、眼神，都可以凝练成自己独特的魅力由内而外自然散发。

小说《白夜行》里的主人公唐泽雪穗，她就是这样一个能够让人通过她的内在气质而对她印象深刻的人。唐泽雪穗让我一下子记住的，并不是因为这个女孩有多漂亮，也不是她那一头在阳光的照射下犹如包着一层棕色薄膜的柔顺秀发，更不是她那凹凸有致的曼妙身材，而是她浑身上下散发的一种近似阴冷的气质，还有那种无法让人轻易说出“不可能”的神秘感。又或者说，我从未清晰地去关注过她的外在，唐泽雪穗深深吸引我的，正是她那独特内在的个人魅力。小说《白夜行》的选材归根结底不过是老套的爱情题材，然而，作者用自己独特的写作手法、缜密的推理形式以及通过平实的文字所表达出的深层次的内涵，让唐泽雪穗主导着《白夜行》走向世界，征服了无数青年读者。

如果大家经常收听中央人民广播电台经济之声频道的《笑傲江湖》栏目，那么，高莉掌门的主持您一定不会陌生。我在第一次听到她的节目时就被她深深吸引。因为对高莉的痴迷，我特意去网上搜索她的资料，在这个过程中，我发现，高莉的外表并不像她所在的娱乐圈的艺人们那么出众，甚至，她的嗓音并不甜美，但是，我第一次收听她的节目便深深地记住了她。从此，只要车载电台打开，我便会要求妈妈把频道定格在 93.5 静候高莉隆重出场。有时候因为上学，错过了高莉的时段，我会在微信平台上追听高莉的节目。同样的主人公、同样的故事，从高莉口中缓缓流淌出来的时候，那些带着高莉风的声波就会一浪一浪地刺激我的耳鼓，任正非、达巴瓦拉、红楼梦，在高莉和她的搭档们的精心烹制下，通过高莉理性、干练、豁达的主持风格，以全新的视角吸引着无数的粉丝。可见，很多时候，人们真正在意的，并不是一个人是否拥有华丽的外表，而是这个人的内在。

可见，内在的魅力可以推广到一切事物。比如音乐，不在技巧与动作上的表面花哨，而在于情感的内心诉求；比如摄影，不在曝光白平衡处理得多么到位，而在于摄影人到底想要拍摄什么；比如蛋糕，不在于裱花，而在于鸡蛋、面粉与水的精妙比例，这些，组成了绚烂的世界，让我们生活的星球色彩斑斓。

我想，注重内在，会让我们今天所做的事情，在未来的某一天经得起时间的推敲而成为有价值的东西，甚至是经典。那么，重视内在的特殊纹理与结构，会让人生迸发出不一样的光芒。

学不可以已

子曰："学不可以已"。的确，学习是一件终身的事情，正所谓，活到老、学到老。正因为具有学习的本领，动物才能在一次次严酷的考验中生存下来；正因为具有学习的本领，游牧民族才能从动物身上学到卓越的军事才能；正因为具有学习的本领，人类社会才能够不断地进步发展。

学习，需要摆正态度。韩愈有诗云："书山有路勤为径，学海无涯苦作舟。"一个"苦"字，让多少人退却，可殊不知，学习是为了自己。今日所受的苦，是为了他日的成功与辉煌。平庸的人并不是不能够成功，而是不甘受苦。起步伊始，只要遇到一丁点儿麻烦或挫折，就会知难而退，放弃梦想。殊不知，在学习的旅途中，自己不肯去忘情地奔跑，是没有人会主动过来拽着你去跑；久而久之，荒废了学业，一事无成。而最终，这些后果，只能自己承担。所以我们说，学习的痛苦是暂时的，而不学的痛苦是终生的。

学习，需要找对方法。同样坐在一个教室里，同样的环境，同样的学习资源，有的人名列前茅，有的人次次垫底儿。这样的结果，除了天资的差异之外，方法也很重要。学习不能一味地死脑筋，要科学地建立自己的学习体系。劝学中提到过：“君子生非异也，善假于物也。”，天才是 99% 的汗水加上 1% 的灵感。但是我们一定不要忘了后面那一句：但那 1% 的灵感才是最重要的，甚至比那 99% 的汗水还重要。所以，学习不是一味地刻苦，要先找对方向，这样的努力才能够有满意的结果。

学习，更需要持之以恒的毅力。一件事情做一天不难，但是坚持下来就很难，需要大量的付出。法国著名作家巴尔扎克被马克思称为“超群的小说家”。他之所以得到这个称号，是因为他在 20 多年里，一直辛辛苦苦、夜以继日地工作，每天坚持写作 16 个小时以上。可见，坚持、恒心能够成就巨人。

学习不仅仅是像我们这样坐在学校里学习书本上的知识，还包括学习生存的本领，学习待人处事的原则。我们要知道学习什么、如何去学习、如何去运用。大千世界，等待我们去学习的东西太多太多，我们已知的还太少太少。如果一个人已经满足于当下，那是因为他物质，如果不走出去，那么会以为自己拥有的是世界。

文学，是科学的并蒂花蕊

科学是理性的堡垒，她的发展，让我们拥有今天的幸福生活和丰富的物质世界，而文学的点缀让世界除了冷冰冰的符号和公式之外，还为人类编织充满梦幻的未来和现在。

科学，是凝练的程序，启动解密的通道，如同装满子弹的枪膛和整装待发的士兵，从旖旎的文字中淬炼出神秘的编码；文学，是感性的天堂，文学中跳动着的文字和标点，如同充满情感和温度的精灵，从冷冰冰的科学殿堂缝隙中，穿过灰尘，撒播阳光。科学的符号越是灰暗，文学的光线就会越加明亮和温暖。

文学的艺术，让人心存温暖，让人坚信梦想，让人充满奋斗的力量，让人在纷扰的世间心灵宁静，酝酿属于自己的那一份沉静。而科学，在晦涩的研发中给社会带来进步，让各个领域都能开拓发展。然而，是文学艺术的穿梭和语言文字的魅力，让各种科技成果呈现给世界，让历史得以流传，让科学的符号充满被认知后的活力。

在举目皆哀的旧时代，鲁迅为了唤醒沉睡的国民而弃医从文，放弃对科学的探究，寻找文字救国的真谛。他告诉我们，医学只能拯救人的躯体，无法挽救人的灵魂。是啊，如果没有思想，一个人的生命智慧只剩下一个空虚的外壳，每天如同行尸走肉，又谈何活着的价值和意义？！鲁迅就这样果决地在文学和科学之间做出抉择，用自己犀利的文字，去唤醒昏睡着的同胞，让后人觉醒和领悟文字的战斗力和渲染力。

安德鲁·马修斯用快乐系列丛书拯救了无数濒临危险的家庭，照亮了一个个黯淡无光的人生，让罪行累累的人找回重新做人的勇气，他让亲人在几个月内相继死亡的人找到了活下去的理由，让文学如同科学一样治病救人、普照世间。

文学以其“没用”的外表点缀生活，科学以其“有用”的存在改变生活；文学以其“斑驳”的五味调剂生活，科学以其“枯燥”的公式救赎生活，她们就是那并蒂的花蕊，一起收集博爱的力量，让大千世界缤纷绚烂。

第五辑

青春魔方

别让世界改变你的节奏

如果你把梦想当矫情，把倔强当幼稚，把努力当无病呻吟，把懦弱当真理，我只好说，你的内心已经死了。在这个速食的时代，你变成了一个速食的人。

——题记

我们是否想过，从小学开始好好学习，上了一个好的初中。再学三年，考上了一个好的高中，继续奋战三年，上了一个好大学。这一切，到底在苦苦追寻些什么？被我这样一问，你或许一愣。随后你或许会说，找个好工作，过上好日子啊！那何为“好日子”？在世界五百强企业的办公室里，吹着空调、喝着咖啡？在舒服的大房子里窝在沙发上看超大屏还带着语音智能系统的液晶电视？这就是你所谓的“好日子”？！还是被世人普遍认可的？我们每天努力，难道就是为了过一个从别人那里复制来的人生？！

有多长时间，我们听最流行的音乐，看时下最热销的图书，努力走在时尚前沿，不被落下。从什么时候起，我们变成了现在的自己，慢慢地被世界同化。我们还敢不敢有点与众不同？

谁不想让自己的青春闪闪发光？谁不想让自己的回忆轰轰烈烈？可是最终呢？我们的棱角被岁月磨平了，以最小的周长霸占着最大的面积，就连腾讯的头像，都从方形变成了圆！

别再这样了！跟着别人的脚步走，你顶多和别人一样优秀。只有在这个喧闹的时代找到自己的节奏，并始终不忘记、不改变，你才不至于泯然众人。想想曾经绚烂的梦想，想想曾经发了疯般地要追寻的东西，我们是否可以重新拾起？别害怕，别彷徨，当你勇敢追梦时，全世界都会来帮你！

有人说，青春就是 Do what you love and fuck therest（做你想做的，不用管其他事。）我们可以不那么我行我素，不那么骄傲狂妄，如果世界总打击你，你依然要大声说，我就是我，我还是想相信梦想，我就是要追寻我挚爱的东西，坑爹的世界，

我和你不熟！

我们的青春可以不特立独行，但起码要敢于张扬，不只是复制粘贴。亲们，勿忘初衷，别让世界改变你的节奏！

写给2021年的自己

22岁的孙怡冰：

你好！

我是14岁的你。我想你还不至于把我忘记。2013年8月的一个深夜，我正坐在电脑前，怀揣着复杂的心情，给你写这封信。或许，当你再次看到这封信时，心情会和现在大不相同。是嘴角带着微笑，还是眼眶盈着泪水？我无法再去推测，因为我着实不知道，八年后，将会发生什么。

记得我曾看过这样一句话：将来的你，会因你现在的拼命而感到欣慰。那么，你现在对这时的我感到欣慰了么？我想会的，一定会的。因为14岁的你，有梦想，而且不曾放弃。

还记得么？14岁的你精力旺盛，正值青春，喜欢和朋友们一起在街上肩并肩地走着，说到开心的事情，旁若无人地大笑。当然，不要生气，我相信，22岁的你，依旧很年轻。如果你仔细回想，你应该会想起，14岁的你，马上要升入初三；14岁的你，正为着自己的梦想而拼搏着；14岁的你，正为着22岁的你而努力奋斗着。

还记得么？14岁的你喜欢唱歌，喜欢打球，喜欢拼图，喜欢写作。你喜欢好多女生不喜欢的东西，你不喜欢好多女生喜欢的东西。别人追 EXO，追 BIG-BANG，你却对此不屑一顾。反而拼图这般无聊的事情，你却十分热爱。因为你说，它能帮助你磨掉性子中的棱角，它教会你“要善于捕捉对方千方百计想要隐藏的秘密，要善于捕捉对方不经意间所流露出来的信息”。

但是我知道，你不是自命不凡，你有着自己的做人原则，你有着自己的处世底线。你和别人的看法和见解不同，只是因为你和他们对于事情的兴奋点不同而已。相信你现在依旧如此。

不知道，我写到这里，你是否认为我自命不凡了？

不知道，我写到这里，你是否有兴趣再看下去了？

最近看了《中国好声音》，有一句话，我颇有感触：在我看来，梦想不能留给下辈子！相信对于我和你，对于任何一个人，这句话都适用！可能我们的梦想不一样，但是没关系，心中有梦才是最重要的。所以，让我们一起为了梦想而努力吧！

Your sincerely

14 岁的孙怡冰

2013 年 8 月 6 日 23 点 26 分

换种角度看问题

曾经有一个故事发人深省：许多员工同时在园艺界工作，第一个员工天天抱怨自己的工作枯燥无味，整天忙来忙去就是挖坑填坑，而第二位员工认为自己的工作很好，有更多的时间与植物打交道，还可以更加锻炼自己的动手能力。后来他们两个分开了，再次相遇时，他们都已年纪不小。第一位员工还延续着他每日挖坑填坑的生活，而第二位却早已出落成大名鼎鼎的园艺家了。

一念好，一念坏，事都随心。同样的下雨天，有人会去咒骂天气，却也有人能享受雨声的情调。影响我们心情的往往不是某件事本身，而是我们脑海中的思维。

有一个腰缠万贯的富商，在他靠着自己的努力致富前，他几乎贫穷的一无所有。每每想到这些“不愉快”的事，他却从来都不会抱怨，而是低着头，绕着房子走上几圈。说来也奇怪，就这样走着走着，所有的情绪似乎都消失不见了。10 年后，这名男子的事业飞黄腾达，并且结婚生子。他还是依然保持着这个习惯。他的儿子终于禁不住好奇地问他爸爸：“爸爸，我从小看着你绕着房子走。每当你这么做时，心里究竟在想些什么呢？”“10年前，我绕着房子走，心里想‘我的房子这么小，我这么贫穷，实在没有资格心情不好，我应该更努力’。而10年后，我绕着房子走，心想‘我的房子这么大，我这么富有，我没有资格心情不好，我应该更知足’。”

同样是一件事，看待的角度决定了问题的结果，两个园艺工人一起抱怨牢骚，庸庸碌碌，也无可厚非；男子贫穷，若去抱怨，也是人之常情。

园艺工人在修枝剪叶中平庸一生的大有人在，甘于在小房子里寂寥一生、甘愿在大房子里安逸享乐，都是一种人生选择。

修剪园林辛苦，可以抱怨工作枯燥繁杂，也可以从中悟道，完成实践过程中量的积累而发生质变。房子小，可以怨恨老天对他的不公，愤恨自己的穷；房子大，他也可以气自己忙，觉得自己赚的还不够多，

可见，能换种角度看问题，会将一件坏事变成好事。我们或许都曾经历过许多不想去做的事，譬如判卷。我们每个人都希望自己得到的任务是轻巧的，好能早点完工去做些别的事情，可是如果我们换种角度看问题，就会发现，有时我们自己的自私，只会把麻烦带给别人。我们省事省力了，但别人却要多付出多少。这样一想，我们怎么变得这样自私了呢？比如我们视为生命的分数被误判，影响了排名和位次，想想多么不甘与委屈，换个角度来思考，我们学的是知识，至于那个写在卷子右上角的数字，能说明什么呢？

换种角度看问题，有时会有不同的心境。如果现实无法改变，那我们就要加倍努力改变自己，毋须用负面情绪苦苦逼着自己，

让自己更加过不去。让自己“心情好”很容易，“心情不好”更容易。与其生气痛苦，何不换种角度，让自己、别人快乐幸福呢？

给心灵加满水

只有断过翅膀的鹰，才会飞得更高；只有不断扎根的仙人掌，才会存活于沙漠；只有经得住严寒的梅花，才会最香最最艳……

——题记

我面对镜子，看了看自己——大而圆的眼睛空洞无神，渐渐染得一身香烟的味道，头发杂乱无形。原来，我已经把三年的时光虚度而过，时间如沙子握在手心一点一点流去。我现在是学无所成，又没有特长，只能在人海中迷惘，就犹如一个无根的木桶在大海中漂泊，好似一不小心就会打翻一样……

"不，我不能这样！"我喊出声，醒过来，才发现，那是一场梦。还好不是真的！"我庆幸。妈妈听到我的声音跑过来说："怎么了，宝贝？做梦了是不是？"妈妈向我投来关切的目光，可我却受不了，泪水像珠子断了线般往下掉。

原来，这次的期中考试我失利了，我的心情变得忧郁，常常为此掉眼泪；还常常埋怨妈妈这也做不好，那也做不好，弄得妈妈跟着我紧张。我自己也总觉得自己笨，开始变得自暴自弃……

但是，我看到了这样一个故事：在暴风雨来临前，船长下令把船灌满水，水手们认为这是险上加险，但也照做了，虽然暴风巨浪那么猛烈，但由于船加重了本身的重量，竟然渐渐平稳了下来。

我不解，又接着看。

原来，就如一个木桶装满了水，在水上才不容易打翻，但如果是一个空木桶，那才最危险。

我慢慢品味这段小但有力的文字。是啊！只有内心充实的人，遇到困难才不会被吓倒，会把大困难化成小困难，一个一个克服。直到成功。但那些虚度光阴的人，外表有力，实则内心浮夸，如果真的遇到困难，不是半途而废便是躲起来。“宝剑锋从磨砺出，梅花香自苦寒来。”不就说明了这个道理吗？而我呢，带上自己的心到底要怎么做呢？是的，我要做一个心灵充实的人，只有这样，我才不怕大风不怕大浪，一次考试失利有什么？拍拍手，我要再来！

在人生的道路上，我已不再迷惘，因为我已懂得——给心灵加满“水”！

——后记

放下过去，适应成长

成长怎么就这样悄然而至让我还在懵懂中就告别了青涩？时光怎么就这样的飞旋而过让我还在踟蹰中就葱茏了岁月？原来，成长的代价，是要放下过去，无论多么的美好、无论怎样的不舍，都要一一握别。

高中的校园朦胧得似乎有些不真实，班牌的数字也替换了相熟三年的字样。坐在宽敞的教室，中考似乎恍如隔世，那些奔跑得近乎气喘吁吁的冲刺岁月如列车飞驰抛下的倒影。身边的人们已不再是往昔那群一个眼神就懂得全部的死党，在教学楼的走廊里再次听到初中班级的序号仍然会条件反射地回头，蓦然回首才发现，物是人非，那个陪伴我三年的数字早已不再属于我。

坐在回家的校车上，似乎才意识到北方的冬天，夜幕降落得那么仓促和匆忙。灯火阑珊、车水马龙，让我感觉自己生活了十几年的城市是那么的陌生，莫名地不真实感让我时常以为自己在旅行。次日清晨醒来，迷糊中还会以为自己穿错了校服，走错了方向。那曾经让我无比讨厌的校服，如今却成了我深深的怀念！

我胡乱地翻遍衣柜，忽然想起，我曾经是那么浪漫地带它周游了祖国的大江南北，在归程的前夕把它留在了玉龙雪山的山巅！我曾戏谑地跟它低语，跟了姐三年，也不算亏待你吧？把你放在一个美如仙境的地方度过你的人生！如今想想这一切是多么的幼稚又让我忍不住落泪！我为什么会残忍地把它抛弃在陌生的土地？

原来，这就是成长的代价，需要告别和放下过去！我懂得了，时光就是这样地冷静，不在乎我们如何地悲春悯秋、风花雪月！她冷静地毫无温度，只是不急不缓地彰显一个事实，时光，无法倒流！

记得有人曾经说过，把过去放在心里的人并不蠢，因为他们知道什么是爱，他们懂得如何去爱。但是，我似乎在校车的颠簸中慢慢领悟，美好的回忆，放在心里就好，过去的时光，要懂得放下。没有人可以一直生活在过去里，那只会让我们停滞不前，忘记追逐。

放下过去，适应成长是我人生的必修课，她会陪伴我一起蜕变、长大。放下过去，天高云淡，当下仍然有美丽的瞬间等我去采撷，我会真正长大，而眼下的一切，在未来的某个日子里，也会如同今时的过去一样成为过去。原来，我的城市并不陌生和遥远，原来，我的伙伴并不冷漠和疏离。放下过去，一切是如此美丽！

自嘲，亦是种曼妙

在俄罗斯的索契冬奥会开幕式上，我们都深深记住了一个无法改变的失误：现场表演中，奥运的“五环”变成了“四环”，成为追求完美路途上无法挽回的瑕疵。但是，令人佩服不已的是，俄罗斯人在闭幕式上用自嘲的方式让这个失误得以修复，弥补了之前的遗憾和错误，换来世界的肯定。

不由得，我们开始思索自嘲带来的力量和震撼。

自嘲，是一种承认错误的勇气。人非圣贤，孰能无过？错误不应该成为前行的绊脚石，而是助推人类前进的力量所在。没有错误的人生是不完整的人生，更是不完美的人生。因为没有犯过错误，就无法经历真正的成长，错误会让成长的过程因为疼痛而自省，因为疼痛而领悟。用自嘲的方式来承认错误，诙谐轻松，恬然大度。

自嘲，是一种认清自己的方法。人生不惧怕错误，惧怕的是沉迷于错误无法自拔或者采取逃避的方式不去面对。受一次打击就无法重新站起来的人不仅不值得安慰，更不值得被同情。真正强大的人，在被故事选中的时候，会立即放弃懵懂的资格，迅速地调整，用自我解嘲的方式洒脱地甩掉尴尬和不甘，认清不足，找到根源。用自嘲的方式来认清自己，落落大方，魅力十足。

自嘲，是更进一步的阶梯。翻开历史的长廊，很多因为自嘲而及时纠正错误的名人逸事带给我们前进的动力。齐白石老人就曾在自嘲的大海中带我们泛舟。一日，诗人艾青拿着一幅齐白石早年的画作请画家鉴定真伪，齐白石拿放大镜一看，确定是自己的画，便说："我愿意拿两幅新作来换取这幅！"原来，这是老人十年前的作品，现在看起来存在一些瑕疵。晚上，老人一笔笔在画上涂鸦，弥补过去的缺点。他自嘲地说："现在我的声望高了，别人觉得我随意抹上一笔都是好的，而我，也被这些美誉弄得飘飘然了，这无形中放松了我对自己的要求，现在我才醒悟……"不被外界干扰，举世而誉之而不加劝，举世而非之而不加沮，认识自己、反省自己，这正是他成为大师的原因所在。

自嘲不是没有面子，而是让自己的未来更加成功、完美和光鲜的必修课。自嘲不是神经大条，而是有更深远、更高明的见解。自嘲，亦是一种曼妙的生活方式，让人在轻松自如中成长，在释然坦白中前进，在快乐无忧中强大。

成大事者不拘小节

或许你讨厌我特立独行，或许你嘲笑我不懂套路，亦或许你蔑视我没规没矩，那好，我用一句古语来呐喊90一代的心声，回敬你一切可笑的讽刺：成大事者不拘小节。

不拘小节者乐观豁达。不拘小节的人潇洒写意，漫步人生，因而他乐观豁达。比如我们都熟知的唐宋八大家之一的苏轼、在我看来，苏轼便是一个不拘小节之人。面对一次又一次的贬谪，苏轼还有“左牵黄，右擎苍，锦毛貂裘千骑卷平冈”的意气风发；还有“一点浩然气，千里快哉风”的坦荡泰然。而柳宗元却“以其境过清，不可久居，乃记之而去”。显然，苏轼的“看得开”给他平添了不少好心情，而柳公的寂寥无奈让人生徒蒙一层灰色。苏轼用“大江东去浪淘尽，千古风流人物”的情怀，让人不由得遐想江流奔放，人生豪迈，而不像诸多迁客骚人整日郁郁寡欢，“为赋新词强说愁”。

不拘小节者广结益友。不拘小节的人自由随性包容万物，因而交友广泛朋友遍布天下。试想，面对一个斤斤计较和大气洒脱的人，你会选择与谁做朋友？答案显而易见。结交更多的朋友会让你因为不拘小节而在受世人冷眼时有依靠的肩膀，让你知道失败不算什么，我依旧要在追梦路上继续奋斗，成就一番事业！因为不拘小节，“我若盛开，蝴蝶自来”，因为不拘小节，“酒香巷深有知交”。

不拘小节者气宇非凡。不拘小节的人气质超然，卓绝不凡。不拘小节的人身上由内而外地散发着一种大气与魄力，让世人知道：我，便是王者！不拘小节的人不会因为一个无足轻重的失误而整日闷闷不乐。成大事者挥斥方遒，自由王道！斤斤计较不是成大事者的风范；虚怀若谷才是立世根本！成大事者向来分得清主次，做事情先完善主干，细枝末节后加修饰。不拘小节会让一个人愈加自信，在成大事的路上所向披靡。

不拘小节的人会在奋斗的路上不断努力，让世界知道，何为成大事者。

有一种力量

语言的力量直达人心，想象的力量让人膜拜，爱的力量重塑心灵。力量无处不在，力量成就人生。

这世界有一种力量，她让人不怕高山云海，她让人不惧尘土阴霾，她让人大胆追梦。就是这样一种力量，让马云走进互联网，她叫作富于冒险。

马云的传奇经历，在这个信息时代早就成为众所周知的励志经典。本是大学英语教师的马云，在一种很偶然的际遇中接触到了互联网，富于冒险精神的马云，凭借自信和敢为天下先的魄力，义无反顾地投身其中。从对行业的一无所知而被骗，到阿里巴巴全球性批发平台的诞生，马云经历了怎样的挫折和坎坷，遇到了多少非议和碰壁！然而，执着和自信，为富于冒险的人生带来筹码。相信自己、不肯放弃；敢于冒险、无所畏惧，成就了马云的挥斥方遒、所向披靡！

这世间有一种力量，她让人破茧而出化蛹成蝶，她让人冲破条框大胆追梦，她让人寒冬无冷意盛夏也凉爽。就是这样一种力量，让铁凝走进文坛，她叫作冲破世俗。

铁凝的文坛常青，用追求刷新了打破世俗的方式。当北大中文系的橄榄枝热烈地对她呼唤，她却在梦想与现实的抉择中毅然选择了梦想。因为，北大毕业生不能够等同于作家。在条件艰苦的河北农村，铁凝把辛苦当历练，汲取乡土乡情供奉的给养，在荒凉的乡间小路延伸着通向文学圣殿之路。当北大中文系的录取通知书翩然而至，她放弃了众所瞩目的高等学府的镀金良机，选择了自己的最爱，不惧前方路途几多坎坷！

相信自己，勇敢追梦，打破世俗，忘记偏见就会让沟壑填平，让未来不再遥远！这就是追梦的力量，让人拥有自信，不惧尘土和阴霾，不怕高山和人海。

说什么迷茫不迷茫

对于那些上架建议为励志和青春的书，不断地有人向我推荐，却总是被我无声的拒绝。

总是有人说，现在活得很迷茫，不知道怎么面对未来。是啊，我们小的时候总是喜欢把自己的未来画得很美好，但是随自己一点点长大，才发现一切和自己设想的差距很大。

朋友在手机上看到一条励志说说，转过身对我说："总是说什么励志，但到底又有谁告诉过我什么才叫闯？"我笑而不语，心里却想："如果你真的清楚目标，又何必需要别人来告诉你，什么叫闯？"

什么迷茫不迷茫，不过就是眼睛看不清方向。

或许海子的忧伤吸引了很多人，但我并不喜欢《面朝大海，春暖花开》里那以"从明天起"为开头的句式，我只愿面朝大海，看尽春暖花开。与其远望未来的遥远，不如脚踏实地。你是否被老师训斥后不停抱怨，却从没认真寻找原因？你是否被朋友冷落后清算对方，却从没认真反省自己？你把自己的不努力归罪于别人的太苛刻，你把因苛刻而带来的不愉快不停地倒向"垃圾桶"还奇怪"垃圾桶"为什么离开你。

什么迷茫不迷茫，不过就是矫情找不准对象。

唯有紧握现在，才能奔赴远方。总是有人抱怨中考高考，抱怨拼爹拼脸，我妈怕我被这些思想影响，总是不想让我看到。但我告诉她：我并不会被它们影响。任何一个时代，都没有绝对的公平。而中高考，就是那个最优化的公平所在。总是有人抱怨生不逢时，可如果真的是英雄，在任何一个时期都会造出不一样的时势。

什么迷茫不迷茫，不过就是才华配不上梦想。

所谓迷茫，不过就是给你的低能找一个借口；所谓迷茫，不过就是给你的失败找一个台阶。不要再感时伤事，也不要再怨天尤人，真正有才华的人不会一辈子怀才不遇。如果幸福还未降临，只是你还不够努力。世界从不欢迎弱者，强大才是生存之理。

成功的背后

成功是一杯浓香的美酒，没有人不希望品尝到她的味道。然而，成功又是那么的高高在上，非凡人能够撷取。人生或成功或失败，或飞翔或陨落，都源自于正确的选择和选择后的坚持。所有事情的结果，并不取决于选择的一念之间，更在于每个人对自己的深刻认识，对未来的长远打算。

摆脱从众，让你跳出迷茫。有一个人在“文革”时期，她做了一名下乡青年，远离了都市，来到了充满乡土气息的农村。但写作的梦想并没有被乡下贫瘠的土地所掩埋，相反地，土地成为她梦想的摇篮，为她提供肥料与养分，带着她慢慢成长。全国恢复高考以后，她努力不懈地追求，终于收到了北大的录取通知书。但是当地一位老作家对她说：“北大中文系并非培养作家的地方。”是随波逐流去国内顶尖大学，为未来谋取一份安稳的生活；还是面朝黄土背朝天地耕作，走进生活、感悟生活，闭关写作？她选择了后者。身处自然，用淳朴的文风写出《哦，香雪》《麦秸垛》等作品。她——就是著名作家铁凝。她的作品，没有华丽的辞藻，朴素而又真实。她成功了，因此，我们说，成功在于不人云亦云，在于有自己的坚持。

认清自己，帮你找到方向。一代古筝大师王中山也曾面临左边或右边、坚持或放弃的两难境地。临近大学毕业，王中山不知未来何去何从。一曲《溟山》奏出了他的心声。乐曲先是迷茫而又朦胧，如同处在云雾缭绕的山谷，逐渐地，原始人的鼓声和火光指引他前行。他在乐曲中慢慢睡去，毫无意识。醒来后，曲调变得轻盈明快，《溟山》问世了！可见他找到了方向。《溟山》不仅是他的心血之作，也展现了他艰难选择的心路历程。王中山选择了古筝，因为他看到自己的优点和潜力，不为一时利益所动。一代大师由此诞生。他成功了，因此，我们说，成功在于认清自己，并向着既定的方向不懈地努力。

提升价值，助你行得更远。阿里巴巴的创始人马云曾在一次演讲中做过这样一件事；他将一张白纸和一张百元大钞揉成一团，放在脚下踩踏。然后，他拾起两团纸团再度展开，他说："白纸现在什么也不是，但是百元大钞仍然能花。不管外界如何，不管受到什么样的打击，重要的是，你要有价值。"可见，对自己价值的认识多么重要！一个人之所以失败，并不怨际遇不好，而是因为自身能力不足。不管遭到什么样的蹂躏，百元大钞还是百元大钞。所以，一个人如果真的有能力，绝对不可能一辈子都怀才不遇。与其感伤时事、怨天尤人，不如马上行动，让自己变得更强，只有强大才能拥有选择的资本。

没有人的成功是单凭运气，如果输了，就一定是因为缺乏实力。因为，运气也是实力的一部分。有些选择其实很简单，比如是选理智还是盲从，是选清醒还是混沌，是选更强还是更弱。选择正确了，成功就不远了。

如果我能追上太阳

当新年的脚步急促地震响脚下的土地，我多希望时间可以走得慢些再慢些，容我能够从容地追赶太阳，追逐梦想，静待每一个新的轮回启程时，聆听岁月的钟声优雅地敲响。

或许一年的时间可以让人学会很多。可以让自私的人学会换位思考，可以让不着边际的人懂得分寸，可以让胆小的人学会坚强，可以让嚣张的人懂得收敛，可以让人学会爱与被爱；也可以让我渐渐忘却一个深刻心底的数字，可以让我渐渐学会去接受一个新的集体。然而岁月依旧按照她固有的节奏和频率缓缓流淌。当年还是小孩子的我无比期盼新年的到来，就好比小学时候的我无数次想象自己走在初中校园里的样子。而现在每到年末我总是觉得很着急，觉得好多事还没做，觉得今年剩下的时间还不够我去努力。曾经我以为自己摄影技术不错，蓦然回首，才发现其实自己的身边到处都是大神；原来我以为自己字写得很好，徜徉书海，才发现自己跟真正的书法相去甚远。这就是成长的力量，让你慢慢发现自己的不足，让你有去奋斗的希望和动力。

或许一年的时间可以让人沉淀很多。就好比我第一次看《泰

坦尼克号》觉得世间最美的情话是“You jump，I jump.”但当我第二次看，我渐渐觉得“I'm Dawson，Rose Dawson”比上一句来得深情许多；原以为网上的那句“开心的时候，你听的是歌；难过的时候，你听懂了歌词”只是矫情着玩玩，但当我单曲循环薛之谦的《一半》，我才真正领悟到“我可以为我们的散承担一半，但我偏要摧毁所有的好感”的无奈与苦涩。是啊！每个人背后都有不为人知的故事，也许是痛到撕心裂肺的回忆，当你因为某事再度想起它的时候，你却连它让你疼痛的理由都已忘却；也许是笑到泪花满颊的幸福。每个人都带着故事走进你的生命里，再带着故事离开。这亦是成长的力量，让你历经岁月的积淀，给你更有质感的内涵。

从上一个元旦的钟声响起，到这次的跨年烟火点燃，365 个日日夜夜又留下了什么？我不希望每年年末都暗自神伤，我不希望只是想到明年再努力也可以很好。新年将至，我只希望时间可以走得更慢些，让我可以追上太阳。

有种东西叫梦想

阿基米德、诺贝尔、居里夫人都在不同领域有着杰出的贡献，可他们也在不同程度上因为这些贡献而承受着痛苦。我不能理解阿基米德死前为何一心想着证明公式，我也想不通诺贝尔在受伤时，是痛苦多一些，还是成功的欣喜多一些。也许，阿基米德那句没说完的“我还没完成——”和诺贝尔那火与硝烟中的“我成功了！”已经给了我们答案。有种东西叫做梦想，化为一股力量和信念支撑着人们前行。

就如同我不知道明天和意外哪个先来，我同样不太清楚梦想和苦难哪个会坚持到最后。盲目地跟从在跑道里随着拥挤的人流前行，根本看不清楚跑道的终点是怎样的风景！十六七岁的年纪，我们无奈地挣扎在教室和考场，期待一个世人瞩目的大考，然后背上行囊走向未知的未来。我们的十六岁，真的并不是在为了梦想去奋斗。充其量，是为了将来筑梦找一个注脚。

很多时候，我们无法选择生命赋予的苦难，人生，往往就这样，因为苦难，开出了绚烂的花朵！断臂女孩雷庆瑶，因为苦难，哦不，是灾难性毁灭，拥有了更强更美诠释梦想的机会。然而，谁又希望人生因为残缺而绚烂呢？如果可以选择，我们宁愿平庸，也愿意选择健全的体魄啊！

然而，生活给的，我们没有资格说不。雷庆瑶在没有资格说不的际遇里，依然选择梦想，这是怎样令人敬佩的人格！七岁遭遇电击，不再拥有完整的身躯，雷庆瑶从最初的一蹶不振到用脚写字作画再到美得让人炫目的人生，没有人知道她为了梦想付出了多少，跌倒过几次。我知道，带给她人生闪闪发光的魅力，是信念、是力量，是直击苦难而不肯退缩屈服的心！是啊！人生真的不是看你拥有什么，而是看你用拥有的东西去做了什么。因为，有一种东西，它叫做——梦想！

泰戈尔曾经说过："凡是不能杀死你的东西，都会使你变得强大。"我们也曾听说过一个网络走红的女孩。她作为唯一一个未成年人参加成年人障碍赛。虽然年仅九岁，却有着惊人的力量与耐力。当人们看到赛场上稚气未脱却英姿飒爽的小娃娃，谁都无法把她与曾经在校园里被高年级同学欺凌的场景联系到一起。然而，这就是这个小女孩曾经经历过的！她说，自己的努力，并非为了霸凌回去，而是要历练自己强大到可以保护自己、保护别人。我们很难想象这样的话出自一个年仅九岁的小女孩之口，她所受的苦难，也许与名人、伟人相比根本不值得一提。但是，正是这种平凡人的非凡事，让我们懂得，对于怀揣梦想的追梦人来说，"梦想再大，也不嫌大；追梦的人再小，也不嫌小"。

从凡人到伟人，从伟人到凡人，其实不过是咫尺之遥。阿基米德和诺贝尔在执著地追求中诠释着梦想，用凡人无法理解和想象的毅力和痴狂坚持自己的研究，居里夫人因为常年研究镭元素而染毒身亡。他们都没有因为最初的选择而后悔和退缩，因为，生命中有一种东西，它叫做——梦想！《中国合伙人》有一句经典的台词，帮我们解答了关于梦想的迷茫和清醒。这句话是这样说的：梦想，就是让你觉得坚持就是胜利的东西。

是啊，有时候我们之所以选择坚持，不是因为看到了结局的样子，而是因为，我们可以有理由认为，这样做，就是对的！它就是梦想啊！

活出自己的样子

成功究竟是什么呢？我想，活出自己的样子，才能叫做成功，或者说，才有资格品评和追求成功。

很长很长的时间走过，我们这些悲催的考学控们忘记了童年、少年，不停地奔波在通往考场的路上，先是家长挤破脑门儿把我们送进一个好的小学和中学，我们再发疯一样奋斗，努力地进入一个好的高中，继续寒窗苦读三年，去一个好的大学。似乎，我们一直在被考试绑架，为了一个未知的未来！

可是，我们是否想过，我们做这些到底为了什么？找个好工作？过上好日子？可什么又是好呢？标准在哪里？开着路虎极光穿梭在拥挤的城市街道，坐在高级写字间喝蓝山，躺在巨大的客厅里柔软的沙发上看着有语言识别系统的电视吗？这是我们想要的生活，还是被世俗设定的好日子？我们有没有思考过，我们拥有的物质，是让我们感受到了成功的快乐，还是令人窒息沉闷的负担？如果我们热爱音乐，我们是否追求过一种与音乐相关的日子？如果我们热爱摄影，我们是否应该创造机会，拥有一段背着单反记录韶华的旅程？如果我们酷爱文字，我们是否应该拿起纸笔，记录人生路途上的每一段人来人往、走走停停？

究其实，我们是否在用本该弹奏的双手，在日复一日地敲打键盘或转动游戏手柄；在改看取景框的岁月，眼睛死死盯住财务报表，用天马行空的思维在反复斟酌如何处理复杂的关系？

有多少的时间，我们追逐过时下热销的图书，倾听热歌榜的音乐，莫名其妙地喜爱新生代的明星。可这些和那些所谓的物质，是否一样是我们心底想要的东西？

有一位五十多岁的模特兼时尚摄影师尼泊森，每天出席于各种光鲜热闹的场合，把自己修饰得整洁利落，浑身上下散发着独特的魅力。或许，看到他的图片报道，我们会以为他的物质生活多么的奢华和光鲜，事实不然。尼泊森每天去廉价的健身房，因为在那里他可以洗澡、熨衣服，为自己的手机充电。然后，他会回到自己栖身的屋顶，休整歇息。虽然很多朋友向他施以援手，虽然他自己也深谙栖身屋顶的危险，但是他仍然坚持这样的生活。他说："不是天气十分恶劣，我都会住在这儿，我喜欢这个地方。既然选择了摄影这样一种收入不稳定的工作，我就要接受他的一切。"他努力地让自己无时无刻都表现得像一位绅士。他常常在舞会的角落里拿出自己的廉价酒独斟，这丝毫不影响他彬彬有礼的气质，因为，他的气场是那样地独特和强大！

我们无法客观评判这样的人是否是成功，但是，活出自己的样子，让淡然平常的日子充满灵动和特质，这，不失是一种人生选择。

阳光着自己的生命

很喜欢那句：我就是在这个黑暗的世界，阳光了这么多年。这话是妈妈说的，每当我向她抱怨生活中各种不阳光、不开心的时候，她就会这样灿烂地接续着我的语境，带给我各种酸爽的心灵鸡汤。

也许在一个清晨，你开心地迎接新的一天的时候，却不小心和大爷大妈们赶上了同一辆公交车，然后你满鼻子都是劣质洗发水和大友谊的味道；也许在一个下午，你正安静地看一本治愈系小说，却碰巧被班里男生踢来踢去的足球砸中，然后你愤怒地摔门而去；也许在一个夜晚，你专心地做数学题，就要做出来的时候，被妈妈咣一声落下的咖啡所打断。

你在清晨就丢掉了好心情，在午后变得愤怒，在晚上以各种不耐烦告终。

是你真的天资平庸，不够努力，还是未开场就已被无情 pass？

这些事情，其实一直以相同的频率出现在你的生活里。当它们碰巧遇到你的情绪周期时，你就突然觉得世界充满了恶意。你，掉进黑暗里，而身边却没有什么可以抓住。

可你还每天被迫着相信生活中充满阳光。如果你不去努力找寻，阳光当然不会光顾。

你也许不会注意每天清晨公交车上赶去晨练的大爷大妈眼中的欣喜；你也许不会看到下一秒踢球男生眼里的歉意和担心；你也许不会在意妈妈眼里的疲惫和无奈。如果你多一点点包容，你会你拥有一个阳光四溢的清晨；如果你多一点点洒脱，你会拥有一个充满诗意的午后；如果你多一点点耐心，你会拥有一个静谧安详的夜晚。换一个方式，上一秒的烦恼，下一秒就可以被忘掉。

无论世界多黑暗，重点是，你要知道如何在黑暗里享受阳光。

靠自己，蹦蹦你能行

喜欢坐火车回老家而不是开车，喜欢坐公交而拒绝打车，大概这样，就可以看到更多的风景，遇见更多的人。我是蹦蹦，一个在入学之初因为谐音被同学送绰号“蹦蹦“的女生。喜欢摄影，爱看杂书，时时胡思乱想，凌乱着青春，蹉跎着岁月的高中生。

蹦蹦看上去随意大条，可是蹦蹦也有深邃的思想，也有静下来独自失神的时段，只是粗心的你们没有发现。不知道是蹦蹦掩饰得太好，还是身边的人太过粗心?

迟早有一次是“我第一次……”，然后大胆去尝试。早晚有一天不再想要是你坐在我身边多好，而是学会一个人享受好时光，早晚有一天，我会长大。

曾经看到有人各种高冷后会讨厌到起身离开，如今也在一旁默默地写文字，曾经看不顺眼就表露在脸上，如今也能够接受表面上过得去的行文，早晚有一天，人都会变。

可人就是这样一个矛盾的结合体，多长时间我还是那样心里柔软到听首歌都会有感而发，把一个人微小的善良放大成所有。

爱写信的蹦蹦不是矫情，只是有些话憋在心里太久。

那个初夏，那些常用的名词和暗语，输入法都忘了，我为什么还记得。是啊，有些人走着走着就散了，要拼尽全力才能维持住的关系真的那么纯粹么？因为受过一次伤就不敢付出真的是种保护么？到现在已模糊了的记忆却牵绊着我不敢迈出这一步，有些现象我们无法解释，有些原因我们怎么也找不到。或许相遇就是为了错过，每个东西都有一个与它背道而驰的目的。越想越乱的事就不要想，怕黑就开灯，没人陪那就选择孤单。

有些生活方式，听别人说说就好，那不适合我。也许是我一直以来想尝试却不敢实践的，想隐藏不敢表现的。积压太多有一天就会爆。放任自流也许没有好的结果，但我担心的是奋力经营是否会更糟。人无法选择你的际遇，如同《教父》里唐·科里昂曾说的那样："一个人只能有一种命运。"无谓上天注定，你改变不了的性格与思维，比如你的不忍拒绝，又或是你的犹豫不前，你可能失去一些机会，又迎来另外一些。

你无法界定真实与虚伪，事实在于，说出的那一刻你是否真的相信。你无法界定光明与黑暗，区别在于，你是在黑暗中寻找光明还是在光明中找寻黑暗。真实的事情是，如此多的种种就真实地混杂在你所处的社会里，贫穷与饥饿，性与肮脏，总是在我们知道或不知道的角落里客观地存在。

世俗存在都有它存在的道理，不要总想着去标新立异，不要总是孤芳自赏，比如和所谓的蓝颜做些过于亲密的事，被蓝颜的女朋友指责，却反过来说他们无法理解你高尚的友情，可真正的友情是不会给对方造成困扰的，适时地退出，而不是矫情不是小气。

做一个不需要依靠的高雅大气的女生，靠自己，蹦蹦你能行。

世界就是你的样子

朋友经常对J君高调值的发音方式加以尖酸刻薄的评判。

这样的抱怨，听得多了，难免让我腹诽。我想为她抱怨的每一个人辩护，张嘴发音的时候却发现自己失声了。我不知道自己是一种中庸的自保，还是一种不屑的逃避。

其实我想说的是，一次我被人找了麻烦，没有安全感而下意识地向L君求助“如果我被人打了，你会不会保护我”的时候（L君练过散打，身体素质很优秀），他想了一下说：“我认识的人不多，但如果你需要我帮忙，我一定竭尽全力，就这么简单。”

其实我想说的是，J君并不是本地人，所以有着南方人生来的高调值的语言习惯，说话方式体现的是一个人的气度与修养，并不是本土的就一定是值得崇尚和宣扬的，也不是说，人在本土，别人就要陪着迁就本土的习惯。

其实我想说的是，没有人就必须要忍受一个人没有底线的玩笑，一次忍第二次忍，第三次也许根本就忍无可忍！翻脸是他人的权利，他只是在表明自己的态度和立场；讲话调值高是他人的习惯；幼稚的人有幼稚的理由和存在的合理性，不能包容地接纳周围的人，怎样去生存和生活呢？

当然，最后我只是沉默不语，微笑敷衍了事。很多时候，我的这种反应会让人觉得我太世故，过于中庸和消极，明明知道什么是对什么是错，因为害怕麻烦而懒得说出口；因为拒绝争吵而放弃摆明立场。其实并不尽然，很多时候，我不想去解释也不想去争辩。很多人，总是提起一个人的时候就会瞬间罗列出他的各种缺点。但你看到的别人是什么样子，你就是什么样子。一个高雅的人会看到别人身上的闪光点，即使你并不喜欢他，你同样会细心收好这些优秀的品质并加以学习；而一个小人往往只会抓住别人的缺点，并放大他们的缺点，对于自身，他们总是觉得完美。

这让我不由得想起苏轼、佛印"心中全是佛"的故事——才华卓绝的苏氏东坡与他的至交好友禅师佛印在一次坐禅时的口舌之争。

苏轼问禅师："你看我现在禅坐的姿势像什么？"

佛印禅师说："像一尊佛。"

苏东坡满怀得意。此时，佛印禅师反问苏东坡："那你看我的坐姿像个什么？"

苏东坡毫不考虑地回答："你看起来像一堆牛粪！"佛印禅师微微一笑。

苏东坡回家后，很得意地向妹妹炫耀，说："今天总算占了佛印禅师的上风。"

苏小妹听完原委，却不以为然地说："哥哥！你今天输得最惨！因为佛印禅师心中全是佛，所以看任何众生皆是佛，而你心中全尽是污秽不净，把六根清净的佛印禅师，竟然看成牛粪，这不是输得很惨吗？”

我们看书读史，无疑是想从中有所收获和启发，这个故事给我的启发，除了让我知道，我们眼中的万物，其实就是自己之外，还有一点就是包容，包容身边的人和事，包容他们的无知和急躁。

我相信早晚有一天，这些自以为是的人会因为自己的这些过失而吃亏碰壁，而亲历痛苦，并因此而幡然醒悟。教会他们这些的，是生活，而不应该是我。

正所谓，你是什么样子，你看见的世界就是什么样子。

第六辑
初学乍练

六点还没到半

六点还没到半
路上的行人还没有几个
六点还没到半
太阳还没有挂在天上
10 岁的我们
床头闹钟的时针还没追上预定的时间
六点还没到半
其实公鸡早已醒来
六点还没到半
其实一天早已开始
14 岁的我们
早已整理好行囊迎接初升的太阳

雨还在路上

我们照例走到路口
我们忘记了灰色的天空
我们是一群不爱带着雨伞的孩子
当然，免不了会接受父母的强塞

乌云，对我们算不了什么
我们也不会在意即将落下的雨滴
到了分别的时候
你塞给了我那把伞
说：下雨，会浇湿的
我勉强收下，因为这不是我的习惯

我就这样紧握着，紧握着
天空还是灰色的
云彩还是浓浓的，暗沉沉的
伞还在手里
雨还未落下

雨一直没下
手一直紧握
心一直温暖

不曾走远

涂鸦的梦想
耳边的呢喃
遥远却似近在咫尺
模糊却又异常清晰
分离，不是永别
更不是终点
止不住的泪流
也该停下
诉不尽的心声
也该暂歇
微笑着去拥抱
下一个明天

离殇·纪念

即使眼泪滑落
化为句点
这所有一切
也不该就此被终结
我记得你慵懒的睡姿
我记得你傲骄的声音
我记得你不敢恭维的身高
我记得你“霸气侧漏”的步伐

模糊的记忆被汹涌的泪水
冲破底线
我以为我的心不会波澜
我以为我会微笑着目送你们离开
可当我抓住的只是气息
我捕捉到的只是背影
我发觉一切就这样发生
就只剩我一个人
还在孤独地以为

世界上的另一个我

这个世界上的某一个角落
一定还有另外一个我
做着我不敢做的事
过着我想要的生活

世界这么大
总会有另一个我
或许在地球的那一端
或许在隔壁的校园

世界这么大
总会有另一个我
敢站在桌子上唱歌
敢垒起喝完的啤酒瓶

世界这么大
总有另一个我

能背着相机游山玩水
能弹着吉他眺望远方

世界这么大
总有另一个我
活在我的心里
活在我的梦里
这个世界上的某一个角落
一定还有另外一个我
做着我不敢做的事
过着我想要的生活

美在青春季

就是青春，美好的季节
这时的我们
用手中的画笔
勾勒着
属于我们自己人生的线条
填充着
属于我们自己的色彩

有迷茫，会丢了方向
有认定，会不顾一切
有欣喜，会手舞足蹈
有悲伤，会独自哭泣
记忆，交织着酸甜苦辣
回想，又总是笑与感叹
青春戏，人人一条过
重来不了，也没有彩排

刀 伤

乍暖还寒，三月末。阳光斜射进初一（十二）班。“铃——”，不久，走廊响起一阵轻盈的步伐，黄老师走进教室，开始讲《平行的条件》。老师一说话，我稍稍感到有些奇怪，老师的嗓子有些不对劲啊。十二班的学生，说实话，班主任易老师一走，完全变样。这不，易老师不在，班里又炸开锅了。可是，正巧黄老师嗓子哑了。本来就管不住的学生，这便是火上浇油了。

我，季沁然，算得上好学生了。我坐在教室里，听着老师微微发哑的嗓子，心中微微荡漾着酸涩，只是微漾。黄老师上课从不带水杯，这节课，却连连喝水。这细节，十二班的粗心孩子们，哪看得见？思绪，被下课铃声终止。

月考快来了，数学老师总是来给我们补课，很多人都不胜其烦，我倒乐得自在。下午，自习，黄老师又来了。嗓子，好像又差了一点。不过，又是没人发现。

次日，第一节是数学。数学老师再次风尘仆仆赶到我们班。刚想说话，却没发出声来。过了几秒钟，老师说话了，嗓子却惊人地哑。这，十二班的同学终于发现了。“好，我们开始讲卷子。来，付沈光，这道题，你来说。”

……

半节课过去了，我的心，却像在滴血。老师的声音，像一把稍钝的刀，割在我心上，一刀虽不足毙命，却让人在被割的时候，痛苦至极。或许，不仅是我一个人在被割，因为，十二班的孩子好像都被这声音感动了，易老师又是不在，可班里纪律却空前的井然。没料到，同桌付沈光对着前面的刘思凡说：“把你的小说收起来！”刘思凡只是朝他看看，并没有半点要收之意。但付沈光怒了，说：“你是不是不长心？老师嗓子都这样了，你还在那看小说？！给我收起来！”我从不知道，他的心是如此的柔软。明明自己就是个淘气包、捣蛋鬼，现在居然维持起了课堂秩序！虽然语调还是依然，口气还是不变，但却掩不住他对老师的维护，对刘思凡的愤怒。刘听了，和上小说，拿出卷子。我不得不承认，这是我听过最认真的数学课，也是全班听得最安静的数学课。没了平时柔美的声音，这再沙哑不过的嗓音，却融化了我们每一个人的心。我不敢直视老师的眼睛，因为，老师的眼睛，像一汪水一样澄澈，照亮了我们所有人的心灵。心，一直痛。但却已不再悲伤，因为，世间还有和我一样，甚至比我的心更柔软的人，被这声音所震慑得潸然泪下。

十二班的叛逆学生，在这一天，不再散漫了，不再任性了，不再与老师对立了。我偷偷在老师桌子上放了一盒枇杷糖；陶喆涣给老师接了满满一杯温水；刘济成给老师买了一个很软很软的靠垫……

第二天，老师怀着感动，走进了班级。

“谢谢大家！”谁都看得出，老师眼里的泪珠，强忍住，不许它流下。可同学们，却早已泪流。

从此，十二班的数学空前得好。十二班的孩子不是最聪明的，但成绩却在年级组遥遥领先。

老师的嗓子好了，但那沙哑的声音却永远留在了十二班，那难以痊愈的刀伤却永远留在了十二班同学的心里。

我，一直都在这里

——写在《如果我能追上太阳》之后

一段心路历程、一种压抑不住泪水的冲动，让我用点滴的成长，赴你心灵的契约。

或许是太早融入我的生活，我对读书习字最初的记忆早已无从描摹。只记得每晚灯下随意几笔已成了家常便饭，每次妈妈告诉我作文登报时，总是期待着下一份稿酬。每一张薄薄的灰色报纸都会被我珍藏，那是我绚烂多彩的童年。

偶尔翻看儿时的作文本，些许歪扭的字迹布满着稚气，早忘记了当年记录的事情，是泛黄的文字又让我记起。曾经让自己难忘至极的事情如今还觉得有些好笑。再读最近发表在报纸或杂志的短文，也还不乏一些不太成熟的文字。幡然醒悟，原来，这才是成长！

慢慢读来，我这些年的生活如卷宗般在案几上缓缓舒展开来。那都是些清晰可见的成长，是我能看到的跳动的鲜活，是我能听到的真实的吵闹。它让我慢慢记起生命之初的美好。

有些事情看似平淡，却刻骨铭心。整理文稿的过程中，当我读到初中关于老师、关于友情的文章，我可以毫不夸张地告诉你，我是哭着读完的。有时候，哭可能都算不上一种表情，更多的是一种本能，一种反应，一种理性战胜不了感性的冲动。这样的冲动，来自于时间，记录在文字。是啊，十七岁的我，更在意的，仍然是校园、友情和一些大人们看起来是些无聊的事情。

我的文字里，关于成长、关于爱、关于校园，虽然不是最美，却是最真实。高中生活我还在经历、还身在其中，玩味起来忍俊不禁。但是我知道，若干年后，我会像读初中的文字那样泪流满面，因为那是我真实的青春，记录在记忆里的欢笑和泪水。

如果将这本书看成一个孩子的话，那她可能不仅难产，还是个有缺陷的新生儿。但人们常说，做母亲要宽容。以宽容的心态看这本书，我想她还是给了我很多很多。

回味我的十年，今天的我回望十年前的我，很庆幸我能拿起笔写作，很感谢我的文字可以不被嫌弃，很欣喜时间带走了稚嫩与轻狂，我现在才可以有时而女汉子时而文青的资本。

文字的力量真的可以超乎我们的想象，每当失意、落寞，埋在文字里总能让我找到安慰，逐渐地我学会跌倒后如何清理伤口，知道怎样的折翼才够漂亮；渐渐地我学会如何整理凌乱的思绪，知道怎样的伪装才够优雅；我学会怎样在跌倒中寻找爬起来的力量，知道怎样的微笑才够坚强……

回首过往，我也有时步履蹒跚，但书香一直都在，笔墨不曾风干。

再翻书稿，仍觉遗憾太多、文字尚浅。岁月还长，但是十八岁等不及。一个零零散散的成长小辑，没有整体的结构框架；

翻起来就像是走走停停的惬意，像是写写画画的悠然。从生命开始一路走来，走到现在。因此更期待包容、期待认可、期待欣赏。我知道，在文学的梦里，我会始终在路上！这部文集的结篇，却是我全新的起点和跑道。感谢我的爸爸妈妈，在我尚未识字的时候，就用笔告诉我：

风和日丽，妈妈帮你收集蹒跚学步的足迹；

风雨兼程，爸爸为你丈量泥泞路上的脚印。

感谢爸爸妈妈的呵护，为我的成长撑起了明朗的天空，带我一路前行，让我懂得感恩，学会思考。

感谢未曾谋面的庞滟老师和王维亮老师，是他们的鼓舞和欣赏，让我的文字能够以这种形式问世！

感谢为了给扉页配图，用了一下午的时间只为了采拍到我一个精彩瞬间的祝志鹏叔叔！

感谢为了文集插图帮我整理和挑选我的摄影作品的李萌叔叔和晓强叔叔！

感谢一路走来，扶持我成长的师长、朋友！

从七岁时稚嫩的笔法，到十七岁略微走向成熟的思想；从咿呀学语的琐碎繁杂，到正气满腔的振臂一呼，文字就是这样一个神奇的东西，它记录了我的，或许也是你的过去、现在以及将来的样子。我，一直都在这里；我会继续写下去，一直写下去。

孙怡冰

2016年9月12日